MISTERIO EN EL NILO

ISBN-10: 1461014948
EAN-13: 978-1461014942

Para Mónica y Almudena Rodríguez González-Carvajal, por su entusiasta apoyo a mi carrera literaria desde su primer momento.

Ángeles Goyanes

MISTERIO EN EL NILO

Capítulo 1

Quien ha contemplado las estrellas a solas sobre la cubierta de una nave en el Nilo, sabe que no hay espectáculo comparable al abrazo del firmamento derramándose a tu alrededor con sus luces escintilantes. Desde allá arriba, la gran diosa Nut parece posar sobre sus hijos su mano gigantesca, como una madre que hace sentir a su bebé su presencia protectora. Nada puede situarnos en comunión con el universo de mejor forma. Nada puede ofrecernos más paz ni hablarnos con mayor elocuencia acerca de nuestra inmortalidad, de todas las cosas que existen, aunque aún no nos sea dado conocerlas.

Es por esto que me desperté un poco antes de lo necesario y subí a fundirme con la bóveda infinita, tomando fuerzas de ella antes de emprender la visita a Karnak con mis estudiantes.

Tenía mi lugar favorito, protegido del viento pero sin obstáculos visuales, y allí me senté, en calma absoluta, entre las cuatro y las cuatro y media de la madrugada del jueves. Permanecí un rato disfrutando de la calma absoluta y luego, renuente pero obligado, me levanté, y, a modo de despedida, me asomé por la borda y contemplé la luna reflejándose en las plácidas aguas oscuras.

Nada lo presagiaba en aquel momento, pero, exactamente en aquel mismo punto, cuarenta y seis horas más tarde, estaría a punto de arrojar el cuerpo de un hombre a las quietas aguas del Nilo.

¿Quién soy yo? Desde luego, nadie que hiciese sospechar lo sucedido: un profesor de arte de veintiséis años sin mayores tendencias homicidas que las que pueda sufrir cualquier provinciano afectivamente sano, profesional y económicamente satisfecho, culto, practicante de yoga, con un selecto grupo de buenos amigos y considerable sentido del humor.

Imparto clases en un colegio bilingüe andaluz, en una zona donde los nuevos ricos han florecido al mismo ritmo que los cultivos bajo plástico. Mis alumnos, un grupo de veinte híper hormonados de ambos sexos, están en la peor edad, dieciséis o diecisiete años. Sin embargo, les manejo bien (o ellos a mí) y por eso me escogieron como acompañante en su viaje de fin de curso.

Nuestro colegio es de esos de los que fácilmente podría extraerse el guión para una serie juvenil provista de todos los ingredientes para convertirla en un éxito, incluido un secuestro efectivo y tres abortados. Se halla enclavado en un valle reseco de difícil acceso, en medio de montañas de considerable altura. Los alumnos, con el escudo del colegio bien visible en los uniformes, consiguen llegar a él gracias a los autocares que recorren la carretera llena de curvas, estrecha y al borde de un precipicio, dos veces al día. Comen todos en el colegio, pues no existe otra opción, y según el horario asignado a los profesores, muchos corremos la misma suerte.

Había impartido clases, a este mismo grupo que me acompañaba, durante dos años. Debido a mi edad, me fue fácil adoptar la pose de coleguilla y hacerme con ellos en poco tiempo. También es cierto que, para los tiempos que corren, son bastante educados, y además, por qué negarlo, soy un buen profesor y me las apaño bien a la hora de hacer las clases amenas y mantener su interés. Cuando un docente se siente apasionado por su asignatura, siempre logra transmitirlo.

Así pues, ajeno todavía a las facetas más oscuras de mi personalidad, descendí a la cubierta inferior bajando con cuidado los escaloncitos metálicos, que se hallaban muy húmedos y resbaladizos, y recorrí el pasillo hasta mi espacioso camarote doble de uso individual.

Teníamos reservados once camarotes dobles que me había

ocupado de asignar a parejas de igual sexo, para desconsuelo de algunos y algunas. Una de mis misiones durante el crucero era, según solicitó la madre de una de las alumnas durante la última junta de padres, y en palabras textuales: "Cuidar la virginidad de las chicas". (He oído que por aquí hay lugares donde realizan la reconstrucción del himen, tal vez se refiriese a eso).

Cargado con una pequeña mochila donde llevaba una guía, el agua y ese tipo de cosas con las que cargamos los turistas, me encaminé a la recepción a las cinco menos cuarto de la madrugada, donde ya estaban mis alborozados estudiantes, y también otras personas que formaban parte del grupo de treinta personas que la agencia de viajes había creado, y que íbamos a compartir un mismo guía.

En aquel momento fue cuando la vi por segunda vez.

Marcos, uno de mis estudiantes, me dio un golpe en brazo y me preguntó:

—¿No es ésa la escritora Natalia Asensi?

Me giré hacia donde él miraba y al instante vi los ojos negros de la ganadora del Libro de Oro clavados en los de nuestro guía. Ella y sus acompañantes, dos hombres y otra mujer, acababan de entregarle la documentación.

—Eso parece —le respondí, ocultando el entusiasmo por mi suerte.

Unos meses atrás, Natalia me había firmado su libro "*El error*", en una librería sevillana. Ella ni se acordaría, pese a que yo había cometido la chiquillada de trasladarme desde Almería hasta Sevilla solamente para verla un instante. ¿Qué pensaría de mí de saberlo? ¿Que era un fan patético más crío que mis alumnos, una amenaza para la felicidad de su viaje? No quería ni pensarlo. Al instante me juré no dejarle ver que sabía quién era. Si llegábamos a cruzar una palabra no sería yo quien iniciase la conversación. A no ser el último día del viaje. En el momento de la despedida, cuando ya no fuese a sentirse amenazada por la presencia de un fan histérico a bordo, tal vez le preguntase por su próxima obra.

Desvié la mirada, pues tampoco quería que sus acompañantes me pillasen observándola con aquella fijeza. Estos eran dos hombres y otra mujer. Me pregunté si alguno de los dos jóvenes sería su novio. Uno de ellos tenía buen aspecto, el otro parecía un alfeñique.

Pronto estos pensamientos se disolvieron en medio de la avalancha de preguntas que me lanzaba el corrillo de alumnos que empezó a formarse a mi alrededor. ¿A qué hora volverían al barco? ¿Qué harían por la tarde? ¿Cuándo debían reconfirmar los vuelos de vuelta? ¿Era peligroso beber el agua en Egipto? ¿Había cocodrilos en el Nilo? ¿Era verdad que había que levantarse a las cuatro de la mañana si se quería visitar Abu Simbel? ¿Cuánto costaba la conexión WIFI? Por el amor de Nut…, eran agobiantes. Les dejé claro que tales preguntas debían hacérselas a Hassan, el guía, y no a mí, el garante de la virginidad cuya única misión consistía en proteger el himen de las féminas. Se partieron de risa.

Por fin, Hassan nos indicó que había llegado el momento de la partida. Mis chicos lo pasaron de miedo atravesando la estrecha y temblorosa pasarela metálica con agarraderos hechos con cuerdas de tender la ropa. Luego anduvimos unos metros y, en seguida, nos encontramos dentro del templo de Karnak.

Era mi segundo viaje a Egipto y me gustaba poder contemplar sus miradas vírgenes (ninguno de ellos tenía otra cosa en ese estado) maravilladas frente a la grandiosidad de Karnak.

La primera vez resulta inolvidable, aunque el espectáculo no había perdido para mí un ápice de estremecedora majestuosidad.

Mientras esperábamos a que Hassan se pusiera de acuerdo con el guía local que nos haría la visita, levanté la vista al cielo. Amanecía en el templo de Karnak. Durante unos minutos, los dos ojos de Ra compartían el firmamento. En lo alto, la sobria palidez de la luna creciente se difuminaba ante mis ojos, mientras, volviendo la mirada al horizonte, enmarcada por las elevadas columnas del templo, la gigantesca bola de fuego emergía del vientre de Nut con fascinadora magnificencia. Abajo, sobre la tierra que yo tenía la fortuna de estar pisando, las amarillentas luces de los focos ascendían como abanicos por las paredes y columnas de color papiro.

El grupo, silencioso y aún adormilado, ya se había congregado alrededor del guía del templo. Una treintena de caras ojerosas, adormiladas, casi ausentes. Me uní a ellos.

El hombre comenzó sus explicaciones. Era egipcio, pero hablaba un español casi perfecto. Ponía el alma en lo que decía, haciendo que la imaginación de uno se colmase de vida, de aventura, de emoción, al evocar las antiguas historias de los dioses. Veía el templo en su plenitud, lleno de la alegría y colorido prestados por las vivas pinturas que todo lo cubrían, el lago sagrado rodeado de cuidadísimos jardines por los cuales pasearían al atardecer los sacerdotes dedicados al culto de la tríada y realizarían sus ritos nocturnos. Amón, Jonsu y Mut, la tríada tebana a cuyo culto se había dedicado aquella inmensa construcción que los ilusos turistas aspirábamos a conocer en una excursión de menos de dos horas; un kilómetro y medio de largo por ochocientos metros de ancho. Mito tras mito, historia tras historia narrada en un bosque de columnas. Y apenas tiempo suficiente para advertir la grandeza, para intentar orientarse en tan vasta dimensión.

El guía hablaba y hablaba a un auditorio robotizado que dirigía la mirada a donde él señalase. Arriba a la derecha, allá en el centro, un poquito a la izquierda..., y las cabezas iban y venían intentando en vano ver lo que él indicaba. No había tiempo para nada, ni siquiera para pararse a sacar las anheladas fotos, menos aún para las cámaras de video. Si alguien se demoraba más de lo que él imponía perdería la siguiente explicación, cuando no el barco. El horario debía cumplirse imperativamente. La nave no podía demorar la partida del muelle un solo minuto, ni siquiera por el grupo entero. Otros barcos esperaban para anclar en su puesto. Si alguien se perdía, Hassan no podría, aunque quisiera, perder tiempo buscándole.

Así es el turismo de masas del siglo XXI; muy distinto al señorial placer descrito en las novelas de Agatha Christie.

Tiempo después, noté como la viveza descriptiva del guía

descendía y dejaba de insuflar entusiasmo para recitar una especie de lección aprendida, a la vez fascinante y tediosa: *"La parte más extraordinaria del templo es sin duda esta imponente sala hipóstila, con sus ciento dos metros de ancho, sus cincuenta y tres metros de profundidad y sus ciento treinta y cuatro columnas de veintitrés metros de altura cuya decoración revelaba el nombre de las divinidades a las que el faraón consagraba ofrendas. Los capiteles en forma de papiros abiertos tienen en la cumbre una circunferencia de casi quince metros y podrían dar cabida a unas cincuenta personas. Durante la XIX dinastía, ochenta y una mil trescientas veintidós personas entre sacerdotes, guardianes, obreros y campesinos trabajaban para el templo de Amón. Varios faraones se sucedieron en la realización de la sala hipóstila: Amenofis III mandó erigir las doce columnas de la nave central que sostienen los arquitrabes; Ramsés I dio comienzo a la decoración, que fue continuada por Seti I y Ramsés II."*

Mis alumnos recorrían la sala con su atónita mirada intentando comprender y confirmar visualmente los datos y, en vano, retenerlos en la memoria. El número de las columnas, ciento treinta y ¿cuántas?, el alto de las columnas, dijo *veintialgo*, cincuenta personas caben allá arriba, pues no lo parece, dinastía ¿XIX?, ¿Qué faraón mandó hacer qué? Se hallaban sólo en el comienzo de una constante que se repetiría a lo largo de todo el crucero, aunque el interés por no perder palabra fuese desmayando conforme aumentara el empacho de dioses, tumbas y jeroglíficos.

Llegados al lago sagrado, el guía nos condujo cerca del vértice noroeste, donde se halla la enorme figura del escarabajo que representa a Jepri, el sol de la mañana, y nos dejó tiempo para dar a su alrededor las tres vueltas que nos garantizarían la realización de un deseo. Ante tan mágica promesa, mis alumnos parecieron resucitar y empezaron todos el periplo en torno al gigantesco bicho, entre risas y chascarrillos. No hay turista que se resista a los rituales mágicos ni nada que nos provoque mayor alegría que una estatua a la que besar, un hueco mágico donde meter la mano, unos azulejos encantados sobre los que saltar o una efigie poderosa a la que dar vueltas. Era justo lo que necesitaban para acabar de despertarse, ahora que ya era plenamente de día.

Yo me quedé mirándoles, sacando fotos o video a los que me lo pedían.

Durante ese rato tuve ocasión de observar al resto de miembros de nuestro grupo.

Una simpática pareja de avanzada edad a la que encontraba agradable, y una mamá de estupendo aspecto que viajaba con sus dos hijos: un niño de unos doce años y un adolescente uno o dos años menor que mis alumnos. Ella, que se llamaba Amanda, tendría unos treinta y cinco años. Me imponía verla al mando de sus hijos. Su autoridad y personalidad firme y segura me hacían sentir torpe y avergonzado. En aquel momento Amanda y su hijo pequeño recorrían las tres vueltas mientras el mayor les inmortalizaba con un diminuto modelo de cámara de video digital. Como a todos en aquel grupo, se les veía pudientes, e incluso para caminar por las ruinas, Amanda había vestido a sus repeinados hijos con pantalones y camisetas de marca.

–¡En el sentido contrario a las agujas del reloj! –grité a un par de mis alumnas.

No me había dado cuenta de que Natalia y sus amigos venían unos pasos tras ellas. Me miró y, mientras cambiaba de sentido dándose de bruces con ellos, agitó una mano sonriente y me dio las gracias por la corrección. Lo admito: noté un súbito ardor en las mejillas. También vi confirmado que no me recordaba en lo más mínimo. Para entonces yo ya había averiguado cuál de los dos chicos era su novio. Para mi pasmo, el alfeñique con dientes de roedor y nariz de águila. No parecían vivir una luna de miel, eso era cierto, pero había observado cómo él la cogía de la mano sin que ella pareciese ni enterarse. Formaban una horrible e insólita pareja. Él tendría más o menos unos treinta años, como Natalia. Lucía unas entradas más que incipientes y una antipática expresión en la que dominaba un constante rictus de desagrado. Era delgado, delgado aunque flácido, pues la suya era una delgadez causada por la ausencia total de músculo, y de insignificante estatura (a Natalia, que mediría algo menos de un metro setenta, la llegaba por las cejas). Me pregunté, con asco y envidia, qué haría una escritora famosa con un esperpento así. Supuse que probablemente sería un intelectual o un artista. Alguien de profundas cualidades y talentos escondidos a quien podía perdonársele semejante apariencia.

Natalia, abierta, espontánea y muy simpática, hablaba con todos los que se cruzaban por su lado. No le faltaba una palabra que dirigir a ningún compañero de viaje. Parecía una persona afable y afectuosa, difícil de enfadar. Aproveché para observarla con detalle mientras charlaba con una de mis alumnas al finalizar sus vueltas al escarabajo. Estaba algo rellena, pero era de carne firme, quizá trabajada en gimnasio. Tenía el pelo negro y largo, y lo llevaba recogido en un moño informal que sujetaba con una pinza de color rojo, a juego con su camiseta. Sus ojos eran del tipo que hechiza a cualquiera. Con las cejas rectas, anchas, muy tupidas y oscuras, y la mirada enigmática, muy profunda, que dirigía sin timidez a quien le placiese.

–¡Muy bien! –exclamó nuestro guía al tiempo que daba unas fuertes palmadas–. Señoras, señores, ¡nos vamos!

El grupo, lentamente, se arracimó a su alrededor. Nos indicó el camino a tomar mientras comprobaba que los rezagados echaban a andar. Me miró con elocuencia al ver que tres de los míos se hallaban charlando con Natalia, haciéndole caso omiso. Me vi obligado a llamarles la atención con suavidad. Me hicieron caso sin siquiera mirarme, como un perro que escucha un silbato lejano. Natalia pasó a mi lado, casi rozándome con la mochila en la que estaba introduciendo la cámara de fotos, y me clavó una mirada profunda.

Era el día más intenso en visitas de todo el crucero y por la tarde cruzamos a la orilla oeste del Nilo. Allí vimos los Colosos de Mennon, el templo de la Reina Hatshepsut y el Valle de los Reyes. Por la noche estábamos agotados.

Hassan me invitó a cenar en la mesa de los guías y la tripulación, en lugar de con mi jauría, y acepté encantado. En la mesa corrió el vino más que un banquete romano –todos ellos eran coptos–, y la naturaleza humana, ajena a razas o a religiones, dio rienda suelta a sus temas de siempre.

–Ellas vienen de viaje, rompiendo con toda la rutina de sus vidas, no en busca de un príncipe azul que las aburra durante toda la vida –me explicaba Hassan con los ojos brillantes– sino de aventura, de transgresión, de mandar a la mierda las convenciones, de un polvo rápido una noche y otro a la siguiente. Créeme, es así. Hablo por experiencia propia. Llevo mucho tiempo como guía y me conozco todos los camarotes. Ya me entiendes. Ja, ja, ja. –Se acercó a mí hasta una distancia discreta y confidencial y, lanzándome su aliento alcohólico de forma tan insoportable que no pude mirarle de frente, continuó–: Amanda, la madre cachonda, va a ser mi polvazo de este viaje. Los árabes somos especialistas interpretando la mirada, y, ¿sabes lo que dice la suya? Dice: "Busco chulo que me folle con urgencia para hacerme olvidar y sentirme deseada".

Como no podía volver la cabeza hacia él, so pena de caer ejecutado por su hediondez, me limité a añorar la compañía de mis muchachos, cuyas risas sanas, limpias y sinceras inundaban en aquel momento el comedor.

Me distraje un momento con mis pensamientos, y, cuando mis sentidos regresaron a la conversación, me di cuenta de que una de mis alumnas estaba siendo su centro. Se trataba de Marina, una chica muy tímida que resultaba exuberante sin pretenderlo, pero que para mí era sólo una niña a la que tenía un particular afecto por su inteligencia y su sencillez.

Como suele decirse en las novelas, les miré con los ojos llameantes. A veces me gustan las notas dramáticas, sobre todo cuando van a favorecer un distanciamiento de elementos indeseables, así que, no pudiendo soportar más a la caterva de apestosos borrachos, me puse en pie echando hacia atrás la silla con todo el ruido que pude y les espeté a todos:

–Estáis hablando de una chica que además de tener sólo dieciséis años es una clienta a quien deberíais guardar respeto, especialmente en presencia de quien en este momento es su tutor legal.

Aguardé unos instantes en espera de unas disculpas que no tardaron en llegar. Fueron pura comedia, claro. Simplemente, no les convenía que me quejase a su agencia.

Luego, me acerqué a las dos mesas que ocupaban mis chicos e intercambié impresiones con ellos. Algunos ya habían terminado y me pidieron que les acompañase a la cafetería. Yo ardía en deseos de tumbarme en el silencio de mi camarote, pero me dio vergüenza admitirlo ante aquella explosión de juventud en la que no parecían influenciar el cansancio ni la falta de sueño, y acepté acompañarles.

Pese a que no había muchos, se detuvieron en todos los comercios a su paso, especialmente en la tienda de camisetas, donde estuvieron encargando que bordasen sus nombres en caracteres egipcios. Yo me aburría y me puse a hablar con el hijo pequeño de Amanda, que estaba revolviendo la ropa colgada de una de las barras que había en el exterior de la tienda. Tal vez fuese mi puerta para ligarme a su madre.

–Hola. ¿Cómo te llamas? –le pregunté torpemente.

El niño me miró con seriedad y extrañeza, como si no estuviera acostumbrado a que ningún desconocido se dirigiese a él, ni encontrase natural que ocurriera.

–Jaime –respondió el chico por fin.

Manteniendo una sonrisa forzada y tratando de impostar una voz de colega que me salía algo quinqui, continué tratando de hacerme su amigo.

–¿Qué estudias, Jaime?

Probablemente no hubiese nada en el mundo de lo que menos le apeteciese hablar al crío en aquel momento, pero no sabía de qué hablarle, ni tan siquiera cómo dirigirme a él sin parecer ni demasiado adulto ni uno de esos idiotas que creen preciso disminuir de coeficiente intelectual para hablar con un niño.

Jaime miró al entrometido adulto con sus enormes ojos verdosos. Se parecía mucho a su madre. Era un niño muy guapo, con un rostro amplio de piel dorada, cabello rubio y una nariz perfecta sobre sus labios encendidos.

–Primero de E.S.O –me contestó lacónicamente segundos después.

Sin duda había heredado la actitud de suficiencia y distanciamiento de su progenitora.

Desistí pronto en el intento de ser su amigo. Comprendía que sería tiempo perdido. Si de algo estaba convencido con respecto a los niños era de que, como los perros, poseían un instinto para juzgar a las personas que las conveniencias sociales echaban a perder con los años. Jaime ya habría descubierto que mi actitud era hipócrita.

Capítulo 2

Amaneció sobre el Nilo. Era el segundo día de crucero. Me levanté a las siete. En realidad, no habría sido preciso tanto madrugar. Todo el grupo sería despertado a las ocho, para desayunar a las ocho y media y salir a las nueve. Simplemente me había despertado antes.

A mediodía, durante la comida, debía acordarme de recoger los pasaportes de mis alumnos para entregárselos a Hassan. Le eran necesarios para las reservas aéreas a Abu Simbel. Salvo incidencias, no debería preocuparme de nada más, pero, sin embargo, me encontraba algo inquieto. Por la mañana visitaríamos el templo de Edfu y después volveríamos a embarcar rumbo a Kom Ombo, cuyo templo visitaríamos al anochecer. En fin, otro día más de tranquilo turismo–ganado.

Partimos a la hora señalada sin que ningún pasajero se retrasara. Habíamos atracado en cuarta fila, de modo que tuvimos que atravesar otros tres barcos antes de salir a tierra. A las once y media habría que partir, sin un sólo segundo de retraso, de lo contrario se ocasionaría un serio trastorno a todos aquellos otros cruceros, que no podrían salir mientras no lo hiciésemos nosotros.

Los coches de caballos que nos llevarían hasta el templo de Horus estaban parados junto al muelle. Fue una sorpresa agradable para mis chicos, y también para el hijo pequeño de Amanda, quien estaba maravillosa con la ligerísima camisa translúcida que vestía, una tela muy liviana con un dibujo de hojas verdes sobre un suave fondo amarillo que se agitaba con

20

cada uno de sus movimientos, y a través de la cual se apreciaban con claridad sus bellas formas.

Los coches estaban tremendamente viejos y daban la sensación de ir a descomponerse en mil pedazos con la grava de la carretera. Además, parecían haber sido creados libres de cualquier protección que pudiese impedir frontal o lateralmente que el pasajero saliese despedido en caso de frenazo más o menos brusco. Era gracioso vernos asirnos con fuerza a cualquier saliente que se prestase a ello

Descendimos, casi todos con alivio, pocos minutos después. Yo, que había llegado en el primer carruaje, ayudaba a descender a mis chicas. Normalmente no solía hacerlo, pero esta vez lo había ido planeando durante el trayecto, así, en cuanto llegase, correría a ayudar a Natalia, que venía en el tercer coche, sin que pareciese un favoritismo que despertara las sospechas de alguien.

En su coche iban cinco personas: ella, su novio, Amanda y los dos hijos de ésta.

Tuve suerte, pues su novio fue el primero en bajar y, en lugar de ayudar a Natalia, se plantó como en espera de poder auxiliar a Amanda, que llevaba una bolsa grande y difícil de manejar.

El novio le tendió una mano a su hijo Jaime, que bajó riéndose de un salto, y luego a ella. Al inclinarse, su blusa se abombó permitiéndonos ver los pechos comprimidos en un sujetador de encaje de color salmón. Se percibía, incluso, la fragancia que emanaba de entre ellos, cálida, mezclada con sus más íntimos aromas. La visión duró largo tiempo, pues ella no lograba encontrar la postura adecuada para bajar, y noté que al novio de Natalia comenzaba a faltarle el aliento.

Los dos rieron cuando ella, finalmente, logró poner los pies en tierra firme, cogida de su mano. Pero luego, cuando el novio de Natalia levantó la cabeza para ayudar al hijo mayor, la expresión de odio con que se topó borró de un plumazo su risa. Borja, así se llamaba, rechazó su mano, y haciéndole apartar con un gesto, bajó del coche sin dificultad, sin quitarle los ojos de encima, y con una voz susurrante pero acerada, le ordenó:

—No vuelvas a tocar a mi madre, subnormal. Ni te acerques a ella.

Confuso, sorprendido y avergonzado, el novio de Natalia no le sostuvo la mirada, sino que se dio la vuelta sin rechistar, olvidando que su novia aún estaba en lo alto del coche.

A ella no se le había escapado la escena. Me miró con la intensidad que solía, pero no quise hacer alusión a lo ocurrido y simplemente me apresuré a ayudarla.

Por primera vez tuve en mi mano la suya, pequeña y cálida, sensual y llena de vida, y aquel ínfimo acontecimiento supuso uno de los instantes más excitantes de toda mi vida.

Apenas le dio importancia a mi gesto y corrió a reunirse con sus amigos mientras seguía con una mirada fría a su novio. Era evidente que no era la pareja más dichosa del mundo.

Me repuse de la emoción, sintiendo aún el tacto de su mano en mi palma, y me dispuse a encabezar a mis chicos.

El guía local dio sus explicaciones habituales en el interior del templo durante aproximadamente una hora y después dejó algo de tiempo para que los turistas tomaran fotografías.

—¿Te importa hacernos una foto?

La petición vino de Natalia, que con una mano me tendía una pequeña cámara digital mientras con la otra señalaba a su amiga. Quería que el fondo de la foto fuese la entrada del templo.

Qué ojos tenía. Tan negros que era imposible distinguir la pupila de la retina. No pude evitar contemplarlos largamente y con una fijeza que a mí mismo me resultaba extraña, y durante todo el tiempo que yo lo hice ella me sostuvo la mirada con tal intensidad que parecía querer hacerme penetrar en sus pensamientos.

—¿Dónde tengo que pulsar? —le pregunté.

Ella me lo indicó, y al coger la cámara nuestros dedos se rozaron. Natalia no disimuló que este mínimo hecho no le había pasado desapercibido, otorgándole así una importancia que me llenó de sorpresa. Me clavó su mirada brillante con una suave

22

sonrisa etrusca, seductora.

Hice a las dos chicas una decena de fotos con diferentes composiciones. Fotos rápidas, como si fuese un fotógrafo profesional y ellas las modelos. Al acabar, la amiga se alejó unos pasos.

—¡Voy a pedirle agua a Octavio! —gritó, acercándose al escuchimizado novio de Natalia.

Ésta me cogió la cámara y permaneció a mi lado mientras comprobaba el resultado en la pantallita. Así que Octavio. Demasiado nombre para tan poco hombre.

Entonces percibí que Natalia se acercaba a mí mucho más de lo necesario, que su cuerpo se echaba sobre el mío. Busqué su mirada, pero no me la devolvió pese a que sabía que estaba allí. Fingía estar absorta en las fotos, pasando una tras otra. Tal vez era sólo una de esas chicas besuconas y pegajosas a las que les gusta toquetear a todo el mundo y abrazarse a los desconocidos. Parecía acostumbrada a ser querida, y a corresponder de la misma forma, con naturalidad, sin temor a expresar los sentimientos. Sea como fuere, yo percibía el calor que emanaba de ella, su blandura, y me pareció en extremo agradable.

—Te han quedado muy bien —me felicitó, levantando de nuevo su profunda mirada hacia mí y dejándola allí clavada mucho más tiempo del necesario, como solía.

Parecía querer averiguar algo, extraer alguna información de mi cerebro, o quizá simplemente obtener algún dato que le indicase si yo me sentía atraído por ella, una mirada seductora quizá, o una dilatación de la pupila que en el caso de ella hubiera resultado imperceptible.

Me dio las gracias y se alejó hacia su amiga, dispuestas ambas a realizarse algunas fotos más en espera de la partida.

Me encontraba sonriendo distraídamente mientras contemplaba las posturas presuntamente faraónicas con que la escritora se hacía retratar, cuando Jaime se dirigió a mí en tono escandalizado.

—¡Mira a ese chico!

Con una mano Jaime se asía de mi brazo en demanda de

atención, mientras con la otra señalaba hacia la gigantesca estatua de Horus, el dios halcón.

No tardé en ver lo que me indicaba. Octavio estaba apagando un cigarrillo restregándolo contra la estatua distraídamente, en tanto comprobaba en la pequeña pantalla de su cámara de vídeo las últimas imágenes que había grabado.

Hay cosas que no puedo tolerar. No son muchas, pero me hacen reaccionar de forma violenta. El vandalismo contra los monumentos que pertenecen a la humanidad es una de ellas.

—¡Eh!—exclamé de inmediato—. ¡EH! —grité.

Justo en aquel momento, Octavio arrojaba la colilla a unos metros de sí.

Algunos turistas de otras nacionalidades escucharon el grito y se volvieron para ver qué pasaba. Octavio mismo alzó la vista y vio las miradas de la gente recayendo en mí y después, atentamente, sobre él.

—¿Quiere hacer el favor de recoger la colilla que acaba de tirar? —le exigí en tono autoritario y recriminador. Siempre trato de usted a la gente que me disgusta, no importa la edad que tengan—. Está terminantemente prohibido fumar en los templos, y, por supuesto, ensuciarlos arrojando al suelo cualquier género de porquerías.

Como no me había acercado a él, pronunciaba las palabras en un tono de voz muy elevado, como un actor sobre un escenario. Tras las primeras, los turistas se habían callado y nos prestaban atención, de modo que el infractor estaba siendo el centro de las miradas, e incluso los turistas que no hablaban español habían comprendido claramente lo que ocurría. Octavio me miró durante unos instantes con una ligera sorpresa que se transmutó de inmediato en una leve sonrisa burlona. Su rostro relajado contrastaba con el mío, ardiente de indignación. Pareció meditar una respuesta que intuí retadora. Pero entonces fue consciente de que Hassan y todo el resto de nuestro grupo estaba frente a él, observándole mudo y expectante, y la sonrisa mordaz se borró de su rostro transformándose en contenida irritación. Se acercó a la zona donde habría caído la colilla intentando localizarla en el suelo. Era preciso esforzarse para encontrarla pues, tan aplastada como la había dejado, pasaba desapercibida en el suelo de tierra. Tardó un poco en hallarla, se agachó, la recogió y la guardó en un bolsillo de su cazadora.

Algunas personas continuaron observándole todavía unos momentos, otras se dieron la vuelta no queriendo malgastar el escaso tiempo de que disponían para descubrir las maravillas del templo.

Octavio vio que Natalia sacudía la cabeza intercambiando miradas de repulsa con su amiga. Aun así, se dirigió directamente a ellas, que le esperaron para reprenderle, y echaron a andar cuando llegó a su altura. Natalia le susurró una palabra. A cierta distancia, en el movimiento de sus labios pude leer: "*Idiota*". Octavio no respondió, continuó caminando con la mirada al frente, el cuerpo en erguida tensión y los labios apretados.

Yo aún no cabía en mí de indignación. No por la barbarie cometida, sino por el hecho de que Natalia hubiese escogido a alguien así como compañero. Descarté de plano que Octavio fuese el intelectual o artista que en un principio había supuesto. Era completamente imposible. Qué falta de sensibilidad, de educación, de respeto.

Le seguí con una mirada de odio y desprecio, imaginándole arrodillado y apresado por enormes grilletes justo en el lugar por el que ahora pasaba, un punto intermedio entre la estatua de Horus y la salida del vestíbulo templario, mientras era azotado con un látigo de cuero para escarnio público y sus gritos resonaban en cada uno de los monumentos de nuestro planeta.

—Menudo gilipollas ese tío —oí que decía Borja.

—Borja, no hables así —Amanda le reprendió en tono severo, pero bajo, comedido.

Estaban justo detrás de mí, por lo que Jaime, que regresaba de examinar los daños infligidos a la estatua, se dirigió a mí con el parte.

—¡Le hizo una quemadura! —me dijo gravemente—. ¡Me acerqué a ver a Horus y le ha hecho una quemadura en el ala!

–No te preocupes –le respondí, comenzaba a cobrar afecto a los dos hermanos–, es obsidiana, seguramente se quitará con la lluvia.

De vuelta a los coches de caballos, se produjo un nuevo número cuando Octavio se ofreció a ayudar a subir a Amanda.

–¡Que ya la ayudo yo, tío! –profirió Borja, interponiendo bruscamente su cuerpo entre él y su madre.

Borja era muy alto y robusto, de pecho amplio y fuerte, y recio cuello en el que ahora destacaban las venas y tendones, y su frase había ardido en las mejillas del escuálido Octavio como fuego de dragón. Borja tenía los puños apretados, y toda la tensión de su cuerpo, presto a la agresión, se reflejaba en la fiera expresión de su rostro incandescente. Octavio levantó hasta el pecho los brazos en instintiva reacción de autodefensa, seguro de que el otro le iba a atacar.

–¡Borja! –le amonestó Amanda–. No te preocupes, Octavio, muchas gracias. Ya me cogen la bolsa los chicos.

Yo estaba pasmado. ¡Vaya con el chico! ¡Menuda reacción! No era normal. No. En absoluto. Lo suyo era más fuerte que un mero temor a volver a casa con un joven padrastro, algo, por otra parte, que a ningún muchacho en su sano juicio se le habría ocurrido pensar. Debía padecer un grave complejo de Edipo o algo por el estilo. Observé que, ya aposentados en el carro, Amanda tenía su cabeza junto a la de él y, a juzgar por su expresión, le regañaba en voz baja. Jaime se había colocado esta vez en el asiento de enfrente, contra la marcha, y se había dado la vuelta para contemplar al caballo.

Me encontraba tomando un café escondido en un rincón del bar que servía de mirador de proa, pues tenía tiempo sobrado hasta que llegásemos a Kom Ombo.

Me hallaba relajado, inmerso en la contemplación de las aguas y las márgenes del río cuando unas irritadas voces vinieron a perturbarme.

–¡El niñato de mierda! ¡Me he quedado con ganas de cruzarle la cara!

26

La airada exclamación, llena de rabia, me llegó de estribor. Supe en seguida de quién provenía. No era muy buen fisonomista, pero jamás olvidaba una voz. Después escuché una risa.

—Mira —siguió profiriendo la misma voz, la de Octavio—, no me interesaba nada la coqueta mamá del enfermo ése, pero ahora, para que se joda, no voy acabar este crucero sin habérmela follado.

Su acompañante se rió de nuevo.

—Me sorprende que no la obligue a llevar un burka cubriéndole la cara —apuntó—. La verdad es que la mamá está mazo buena.

—Pero es una estirada.

Se hizo un silencio. Supuse que se encontraban apoyados sobre el cristal, mirando hacia el exterior. No me parecía, por la procedencia del sonido, que se hubiesen sentado. Rogué que no doblasen la esquina hasta donde yo me encontraba.

—¿Dónde estará ahora? —preguntó Octavio—. Imaginaba que a lo mejor habían venido aquí. ¿Habrán subido a la cubierta?

—Posiblemente sí. Salvo que se hayan quedado descansando en el camarote.

—La cubierta estaba muy concurrida ayer —comentó pensativamente—. Tal vez el hijo pequeño haya querido bañarse en la piscina. Mencionó durante la comida que se había traído un bañador. Subamos a ver.

Insonoros pasos se alejaron sobre la moqueta y yo respiré aliviado.

Capítulo 3

A las cuatro y media de la madrugada del jueves, todo el grupo nos hallábamos en el autocar en ruta hacia el aeropuerto. Yo me sentía muy cansado. La visita al pequeño y ruinoso templo de Sobek, en Kom Ombo, había transcurrido sin complicaciones hacía sólo unas horas. Durante la noche la nave había recorrido los cuarenta y cinco kilómetros que separan Kom Ombo de Asuán, donde se toma el corto vuelo hasta Abu Simbel. Sólo la pareja mayor había preferido seguir descansado a pegarse el madrugón para ir a Abu Simbel. Lo cierto era que pese a su atención a todo lo que les rodeaba no mostraban el entusiasmo característico de un primer viaje a Egipto, por lo que sospeché que no lo era. Hicimos la visita como un grupo de zombis a los que nada les importara y las once de la mañana estábamos de regreso en el barco. Quedaba por delante un día muy intenso y ya los silenciosos rostros de todos acusaban un aspecto demacrado, casi atormentado.

"Si hoy es jueves, esto es Asuán", me dije poco después, subido en una faluca rumbo a la Isla Elefantina.

En realidad, como siempre que dormía tan poco, me sentía irritado y desganado. Hubiera deseado ser un simple turista ganado en lugar de ganadero.

En la Isla Elefantina tuve que ocuparme de que mis discípulos no se dispersaran en medio de las explicaciones. Ya no les interesaban, en parte porque a esas alturas estaban hartos de la mitología de los dioses egipcios, pero también porque el paisaje circundante era hermoso y diferente al visto hasta entonces y preferían pasear y ver el entorno antes que hacer un corro durante largo tiempo escuchando una charla que ahora se les antojaba tediosa y repetitiva.

Se rebelaron, y en segundos perdí de vista a todos ellos, que, cámaras en ristre, corrían a inmortalizar la inolvidable visita y a darse besos donde yo no pudiera verlos.

Anduve un rato, pensativo, por entre las ruinas, hasta sentarme en un lugar apartado, sobre los restos de una columna. Me había acometido un ataque de nostalgia. Cuando el viaje acabase, ya nunca volvería a ver a Natalia. Probablemente me llegarían noticias suyas a través de los medios de información. Cuando ganara algún premio, cuando publicase un nuevo libro. Pero, una vez que el viaje acabase, nunca más volvería a sentir la excitante fijeza de sus ojos negros. Y ella me olvidaría por completo... Otra vez…

Era apuntar demasiado alto fijarse en una mujer como aquella. Una mujer que viviría rodeada de artistas, intelectuales, famosos y millonarios. Que ni consideraría la posibilidad de tener una relación sentimental con un miembro de la plebe como yo.

Octavio pasó ante mis ojos. Iba fumando, como cada vez que tenía ocasión. Inhalaba el tóxico humo como si le sumergiese en un éxtasis. Era repugnante.

No se había percatado de mi presencia. Caminaba muy lentamente, mirando al suelo con atención, como si buscase algo. Al cabo de unos minutos, se agachó y recogió una piedra de aspecto pesado y buen tamaño. Después, continuó paseando con la cabeza inclinada hacia el suelo, examinándolo con cuidado. Yo le seguía con atención, sabiendo que aquello no iba a acabar en nada bueno.

Octavio paró y se sentó sobre los restos de un capitel, con la gran piedra en una mano y su cigarrillo en la otra. Miró relajadamente a la lejanía, hacia el lago, mientras apuraba sin prisa las últimas caladas.

Yo no hacía ningún ruido, no quería desvelar mi presencia. La zona estaba desierta salvo por nosotros dos, pues los turistas, quizá por falta de tiempo y temor a perderse, solían quedarse alrededor del templo y sus edificios circundantes, sin alejarse hasta aquella parte, donde sólo se hallaban ruinas mal conservadas.

Octavio acabó el cigarrillo y lanzó la colilla lejos de sí. Después, dando media vuelta, se montó a horcajadas sobre el capitel y, asiendo la piedra con ambas manos, lo golpeó con ella con todas sus fuerzas.

Los ojos se salían de mis órbitas, incrédulos, espeluznados, mientras la piedra volvía a caer una y otra vez sobre el capitel, arrancándole muescas y fragmentos cada vez mayores, e, irrefrenablemente, me lancé a la carrera para detenerle.

–¿Está usted loco, imbécil? –le grité.

La sorpresa de mi súbita aparición debilitó las defensas de Octavio y se dejó arrebatar la piedra de entre las manos.

–¡A gente como usted no deberían permitirle la visita a este país –grité, rojo de cólera imposible de contener–, ni a ningún monumento del mundo!

–¡Y a gente como *usted* no deberían permitirle el contacto con la gente! –me gritó Octavio, a su vez, levantándose y poniéndose en guardia–. ¡Está mal de la cabeza! ¡Por un maldito pedazo de piedra tan erosionada que no se sabe ni lo que es! Sólo quería un pequeño fragmento de recuerdo. ¿A quién puede importarle, cuando han permitido que la presa sumergiera templos enteros bajo el lago?

Yo iba a contestarle con ferocidad cuando vi que Natalia se acercaba a nosotros.

–¿Qué está pasando aquí? ¿Por qué gritáis? –preguntó.

–¡Pasa que tu amigo estaba expoliando uno de los más importantes monumentos de la humanidad para llevarse a su casa un recuerdo!

–¿Qué?

–Sí, guapa, créelo. Buscó un pedrusco con el que machacar la historia y lo estrelló contra ese capitel –levanté la piedra para mostrársela y luego la arrojé al suelo–. Compruébalo tú misma.

Natalia se acercó a mirar el capitel y luego, sin palabras,

con una expresión más atónita que reprensora, contempló a su novio.

Octavio farfulló unos insultos contra mí, se dio la vuelta y echó a andar con rapidez.

Natalia volvió a observar el capitel, la piedra en el suelo y a mí, y luego echó a andar tras él.

Yo permanecí durante unos momentos agachado junto al capitel, valorando el destrozo.

Era cierto que nadie se daría cuenta nunca, que ni siquiera se habrían dado cuenta aunque el informe, casi irreconocible capitel, hubiese desaparecido entero. Pero no se trataba de eso, sino de una ética, de una moral connatural a un espíritu sensible, que yo no concibo que no sea innata a todos los seres humanos. De cualquier modo, cuando falta, cuando no es inherente a la persona, se hace imprescindible sustituirla por un respeto aprendido, por una educación inculcada pero indispensable. Simplemente porque esa enseñanza humaniza.

Llegaron gritos hasta mí que me sacaron de mi abstracción. Natalia estaba discutiendo con Octavio. Se habían detenido no muy lejos. No podía entender bien lo que decían porque acababa de llegar a mi lado un grupo de niños egipcios de excursión, en busca de un espacio apartado y tranquilo donde tomar su almuerzo. Decidí acercarme a la pareja. De todas formas, ya era casi la hora de irse y debía ir reuniendo al rebaño.

Los tuve ante mi vista justo en el momento en que Octavio abofeteaba a Natalia.

Y sí, una vez más, estallé. Perdí los estribos. Durante unos instantes simplemente no me lo podía creer. Paralizado, rebobiné la escena en mi cerebro. Luego eché a correr hacia él, le agarré por los hombros insultándole y zarandeándole sin parar, y acabé la escena arrojándole al suelo como al guiñapo que era.

—¡Maldito ser grotesco! —le grité—. ¡No te atrevas a volver a tocarla!

Tumbado en el suelo, perplejo y avergonzado pero iracundo, Octavio me respondió:

—¡Hijo de puta! ¡Voy a denunciarte! ¡Voy a arruinar tu vida!

Frenó en seco sus amenazas, lleno de asco y estupefacción, cuando mi escupitajo alcanzó su ojo. Se limpió la saliva restregándose violentamente con las mangas de su cazadora, gritando, como si se tratara de ácido.

–Basura –murmuré, y, dejándole allí tirado, ridiculizado, aturdido, y colérico, me encaminé hacia el embarcadero.

"¿Mi reacción fue excesiva? –me iba diciendo por el camino–. ¿Y qué debía haber hecho? ¿Agitar el dedo índice frente al tipo malo amonestándole tranquilamente: "No, no, no, querido amigo, eso no está bien. Eso no se hace"?

Tres o cuatro minutos después oí una carrera detrás de mí y me giré por si acaso. Era ella. Me volví y aceleré el paso.

–Espera –me pidió.

No lo hice. Estaba aún más enfadado con ella que con el disminuido aquél.

Ella me cogió de la mano. No me lo esperaba.

–Nunca creí que una mujer como tú fuese del tipo de las que se dejan maltratar por un hombre –le dije con enfado–. ¿De qué te sirven tu inteligencia y tu independencia?

–Eh, eh, eh –contestó ella con viveza–, que él nunca me había puesto la mano encima. Y...

–Ya no podrás volver a pronunciar esa frase –la interrumpí, andando a toda la velocidad que me permitían las piernas–. Pero no es asunto mío. No eres precisamente una indefensa damisela en apuros, ¿verdad? Ya que eres una escritora de prestigio debo suponer que tienes inteligencia, y por lo mismo también te presupongo independencia económica. También veo que tienes amigos y probablemente parientes que te darán consejos y protección. Si tus ventajas y atributos no te sirven para evitar que ese hombre vuelva a pegarte, entonces la naturaleza hará bien en seleccionar tus genes para la extinción.

Como puede verse, a veces no me controlo demasiado bien.

Oí la risa de Natalia junto a mi hombro izquierdo, pero no me volví a mirarla.

–Si realmente un tío intentase dominarme, ¿sabes lo que haría con él? –me preguntó Natalia.

—Supongo que debo preguntar: "¿Qué harías?" Aunque sepa de antemano que tu respuesta va a ser una bravata que nunca cumplirías.

Ella volvió a soltar una carcajada.

—No, créeme. Ya lo hice en una ocasión. Existe una sentencia judicial con la que puedo demostrarlo.

—¿Qué hiciste?

—Le rompí una botella en la cabeza —respondió orgullosa.

—De modo que no sólo te sometió como a su víctima sino que después te llevó a los tribunales y consiguió que te juzgaran culpable. Una jugada impresionante la tuya —contesté yo.

Se hizo un silencio. Natalia me miraba divertida mientras caminaba a toda velocidad junto a mí.

—¿Cómo sabes que me declararon culpable? —me preguntó.

—Tú has dicho que lo eras.

—Sí, pero, mientras él yacía inconsciente yo llamé a la policía y le denuncié por intento de violación.

—Sí, claro. Y yo me lo creo.

—Es cierto. Porque es lo que había ocurrido.

La miré fugazmente. No parecía mentir, pero tampoco me importaba.

Ante mi silencio, ella cambio de tema.

—¿Sueles viajar mucho?

Me encogí de hombros.

—A veces. Seguro que no tanto como lo harás tú para ambientar tus novelas, conocer tipos humanos y esas cosas. Y conocerás miles de personas. Gente famosa, admiradores...

—Viajo mucho, aunque nunca por esos motivos, y la mayoría de los que me rodean sólo busca venderme como una mercancía. Soy un producto.

—Un producto feliz —opiné yo.

—¿Feliz?

—Es lo que me ha parecido.

—Ah. Pues si eres capaz de juzgar si alguien es feliz o no solamente con mirarle, significa que tú conoces bien la felicidad. ¿Es así?

–Yo conozco el contento, la tranquilidad, la alegría pasajera... –Acabábamos de llegar al embarcadero. Casi todos los turistas esperaban ya para subir a las barcas–... y el momento de poner fin a una conversación filosófica, por mucho que me pese.

–No has mencionado lo más importante para la felicidad. ¿Y el amor? ¿Conoces el amor? –me preguntó ella.

Me detuve y la miré, por fin, directamente a los ojos con ironía.

–¿Un amor como el que tú tienes conduce a la felicidad?

–Tú no sabes nada de eso –respondió. Su voz denotaba que comenzaba a sentirse molesta.

–Tienes razón.

Regresamos a la motonave. Octavio no había hecho mención pública de lo sucedido. Por un momento había temido que organizase un escándalo.

Después de comer me tumbé un rato en la cama, y, bien entrada la tarde, fui a dar un paseo por el mercado de Shari es Suq con tres de mis alumnos. Tomamos un coche de caballos que nos llevó hasta allí, y luego, recorrimos a pié sus calles, asaltados a cada paso por los dueños de las tiendas y puestos. Especias, recuerdos para turistas, papiros, ropas, carnicerías y tiendas de alimentos ancladas en la edad media, todo atraía mi interés como si fuese la primera vez que lo veía.

Los chicos compraron azafrán y algunas otras especias, y un surtido de inciensos, respondiendo a los encargos que les habían hecho sus familias, y luego regresamos lentamente al muelle con los paquetes, asaltados a cada paso por tenaces hordas de niños pedigüeños que nos rodeaban extendiendo sus manos oscuras y gritando en incansable letanía:

–¡Un euro! ¡Un euro! ¡Un euro! ¡Un euro! ¡Un euro!

Ya cerca del barco, oí unas voces tras nosotros que gritaban mi nombre. Miré hacia atrás. Se trataba del matrimonio mayor, el señor y la señora Ortiz. Me detuve para esperarles. Me resultaban muy agradables.

–¿Cómo están? ¿De dónde vienen?

–Venimos del hotel Old Cataract. A mi mujer le hacía ilusión tomar el té allí, por lo de Agatha Christie, ya sabes, ja, ja, ja.

Se rieron y yo les imité.

–Es donde se alojaban los huéspedes en *Muerte en el Nilo*, ¿verdad?

–Exactamente –contestó el marido–. ¿Te gusta Agatha Christie?

–Algunas de sus obras, ésa en especial. Leo bastante, pero realmente las novelas de crímenes no son mis favoritas.

El señor Ortiz, Arturo, me señaló con un dedo y guiñándome un ojo con picardía, dijo:

–Creo que yo sé qué tipo de libros prefieres tú. O qué tipo de escritoras, por lo menos.

–¡Arturo, le vas a poner colorado! –exclamó su esposa, Marta. Pero me clavaba su mirada verde y brillante ardiendo en deseos de oírme confirmarlo.

Supuse que habían hecho tales conjeturas a causa de que no perdí tiempo para poner en vergüenza a su novio. Puede que incluso nos hubiesen visto a Natalia y a mí cogidos de la mano en Elefantina.

–¿Se refieren a Natalia? Es buena escritora, sí. Pero creo que dedica sus poesías a otra persona.

–¡A una que cuesta creerse! –exclamó Marta–. ¿No te parece increíble que una chica tan joven, guapa y exitosa ande por ahí con un renacuajo como ése?

Me sorprendió la exaltación con que lo dijo, pero no podía estar más de acuerdo y estaba deseando expresarlo en voz alta.

–Lo cierto es que no hacen muy buena pareja. Pero algo verá en él que nosotros no podemos –aseveré contenidamente.

–Seguro que ella estaría encantada de hacer amistad contigo. Un profesor joven, guapo y simpático adorado por sus alumnos tiene que resultarle muy interesante. Ella no es nada vanidosa. Busca el momento de hablar un rato a solas con ella y ya lo verás.

Casi me sentí acosado, pero me reí de su comentario, pese a la enfática seriedad con que lo pronunció.

–Sí, ya he hablado con ella algunas veces, y sí, la verdad es que es un encanto. Pero no creo que me encuentre tan irresistible como usted piensa.

–¡Bueno! Me parece que te menosprecias. Yo diría que tienes méritos más que suficientes para resultarle interesante a cualquiera.

Lo cierto era que empezaba a incomodarme un poco tanto celestineo.

–Con usted a bordo no voy a echar de menos a mi abuela, señora Ortiz.

Después de cenar subimos todos al salón bar discoteca, donde se celebraba un cóctel.

Una copa tras otra empezaron a formar parte de mi sangre, e ideas alegres, desinhibidas, que en otro estado hubiese considerado imposibles y locas, me llevaron a la pista de baile. Había visto que Natalia bailaba en ella, junto con sus amigos. Sólo faltaba su novio. Era un momento que debía aprovechar, me dije, la oportunidad de hacer caso a Celestina Ortiz, que, quién sabía, puede que tuviese razón.

Pero había mucha gente, demasiada gente. Una masa que me impedía acercarme a Natalia. La pista de súbito se había llenado y la había perdido de vista.

Vadeé entre la multitud. ¿Dónde estaría? En ninguna parte, no dentro de la pequeña pista retumbante iluminada por haces multicolores. Decayó mi ánimo. Debía encontrarla, ponerme ante sus ojos, decirle... Nada. No sería preciso decir nada. Soñaba con que todo resultase espontáneo y sencillo. Con que ella se lanzase a mis brazos. Con ese: "Eres tú, al fin te he encontrado", que ninguno de los dos encontraría necesario pronunciar.

Salí de la pista y miré hacia las butacas ocupadas por Natalia y sus amigos. Habían vuelto a sentarse. Todos estaban allí, diciendo tonterías y riendo mientras sostenían cada uno una copa o un vaso alto lleno de líquido coloreado.

Alguien me tocó en el hombro y me susurró algo. Se trataba de un miembro de la tripulación informándome de que era el cumpleaños de Hassan y el capitán solicitaba mi presencia para el brindis sorpresa que iban a ofrecerle. Le acompañé; no tenía nada mejor que hacer.

Me había acometido un estado de resignación, de frustración e impotencia que el champán no hizo sino acrecentar. Me fui tan pronto me lo permitió la cortesía. Sería la media noche. Natalia ya había abandonado el salón, y también sus amigos.

Tambaleante, sin darme cuenta de lo que ocurría a mi alrededor, abandoné el bullicioso lugar y subí a la cubierta. Quería hacer de mi nostalgia un cuadro romántico. Un ser solitario, torturado, acompañado por la luna rielando en el Nilo.

Asomé la cabeza lentamente desde los últimos escalones y oteé en busca de alguna persona.

En seguida descubrí a un pequeño grupo.

Me dio un vuelco el corazón.

Era Natalia.

Estaba allí, junto a Octavio y la otra pareja.

Pese a todo, no iban a obligarme a alterar mis planes, me deslicé a toda prisa y de puntillas hacia la zona de popa, allá donde se encontraban, cubiertas por un amplio toldo, las mesas y sillas del bar. Era la zona más oscura, pues el toldo impedía el paso de la suave luz de la noche. Pensé en sentarme en una de las sillas pues siempre me sentiría más digno que acuclillado a escondidas tras una de las sillas. Sin embargo, descubrí enseguida el lugar perfecto donde situarme: junto a una oportuna torre formada por sillas apiladas que me permitiría ocultarse sin dificultad si era necesario.

Incluso sin parapetarme, desde mi posición podía permanecer tranquilo, ya que la distancia y la oscuridad eran suficientes para que, si alguna de esas personas se volvía y detectaba una figura humana, fuese incapaz de distinguir su rostro.

Brillantes las estrellas y la luna en el cielo de negro inmaculado, arrojaban su charco de luz plateada sobre un Nilo cuyas aguas daban vida a verdes palmerales y plantaciones en las lejanas márgenes. En ellas se distinguía también, de cuando en cuando, la mortecina iluminación de las frágiles y eternamente inacabadas casas de adobe. El barco navegaba lentamente, en un paseo tranquilo, y desde la proa, Natalia, Octavio y sus amigos disfrutaban del azote del viento, fresco y duro pero placentero, mientras contemplaban en silencio el discurrir de tanta belleza.

Natalia se había vuelto hacia Octavio. Aunque yo no podía apreciar los detalles, estaba convencido de que le miraba con los ojos brillantes y sonrientes.

Cerré los ojos y suspiré: "Estúpida. Estúpida. Estúpida."

Quizá ella estaba enamorada. Quizá amaba o necesitaba tanto el amor que se hacía creer a sí misma que estaba enamorada. Quizá sólo se entretenía con un buen compañero sexual mientras le llegaba el verdadero amor. Pero ¿qué mujer podría considerar a esa cosa un buen compañero sexual?

Octavio sacó el paquete del tabaco y se encendió un cigarrillo. Oí a la otra pareja despedirse hasta el día siguiente, y, un poco después, también a Natalia que, ya desde la escalera, gritaba en dirección a Octavio:

–Diez minutos, ¿vale?, que me voy a duchar.

Una vez que ella se fue, perdí el interés en seguir allí y decidí irme antes de que lo hiciera Octavio, quien fumaba distraídamente, con la vista puesta en el horizonte.

Caminando de puntillas, me imaginé a ese ser en la cama con Natalia, unos pocos minutos más tarde. En la intimidad. Lamiéndola, babeándola por todas partes, y...

En fin, no había nada que pudiese hacer para evitarlo.

–¡Eh! ¡Capullo!

Me hallaba a punto de descender el primer escalón cuando escuché aquel insulto, sin duda dirigido a mí. Por alguna razón, Octavio había decidido volver al camarote sin esperar los diez minutos que Natalia le había indicado y al acercarse hacia la escalera me había reconocido.

–¿Qué hay? –murmuré, dirigiéndole una mueca de asco.

–¿Qué estás haciendo tú aquí? –me preguntó en tono beligerante–. ¿Nos espiabas?

–Por supuesto que no –respondí, adoptando un tono igualmente insumiso–. Estaba allí sentado cuando vosotros subisteis. La cubierta no es privada, ¿no lo sabías?

–Eres tan ingenioso... ¿Y por qué no nos has advertido de tu presencia? He estado a punto de follarme a Natalia aquí mismo. Apuesto a que te habría encantado verlo.

Aquello me hizo alcanzar nuevas cotas de repugnancia hacia aquel enano presumido.

–Tío –le dije–, ¿no eres consciente del asco que das?

–No creas que no me he dado cuenta de la forma en que miras a mi novia –continuó–. Con esa ridícula expresión de ratón de biblioteca. Ni siquiera voy a prohibirte que lo sigas haciendo. Es todo lo que tendrás de ella. Das lástima. Eres un maldito trepa. Pero ella no es idiota, nunca aceptaría a alguien como tú.

Le miré comenzando a transformar mi expresión burlona en autentica furia teñida de desconcierto. ¿De verdad aquel mindungui estaba buscando un enfrentamiento? Le faltaba un ápice para encontrarlo, desde luego.

–No estoy tan seguro –respondí–, sobre todo después de ver que sí ha aceptado a alguien como tú. Y yo no dejo de preguntarme por qué.

–Eres un auténtico imbécil –contestó descompuesto.

–¿Y qué eres tú, mierda inmunda? –Cargada de asco y desprecio, mi voz sonó ahora como un grito dificultosamente contenido, una explosión amortiguada por la razón–. Un fracasado miserable que experimenta su único triunfo en la vida hundiendo la autoestima de una persona superior a él.

–¿Qué estás diciendo, retrasado? –las palabras de Octavio produjeron un gruñido sibilante al escapar entre sus torcidos dientes.

Deslicé la vista por su cuerpo sintiendo una súbita náusea de asco y desprecio. Los ojos grises, que, minúsculos en sus cuencas, me miraban con ofensivo desdén, produjeron en mí la súbita ansia de destruirle.

Por un instante me temí a mí mismo. Temía el odio que me

desbordaba, temía la obvia fortaleza de mi cuerpo frente a la raquítica constitución de mi enemigo. Yo era al menos diez centímetros más alto que Octavio, pero eran mi musculatura y la amplitud de mi pecho las que evidenciaban mi superioridad física. En un rápido movimiento, hubiera podido atrapar y triturar entre mis manos aquel cuello frágil, falto de virilidad, un cuello ridículo que no hubiera opuesto mayor resistencia a la muerte que un pajarillo.

Me ardía el rostro, pese al azote frío del viento, y mis manos se cerraban en puños con violencia. Si me daba una excusa más para descargarlos, como parecía que él deseaba, no iba a contenerme. Aplastaría aquella cara, desfigurando para siempre lo que fuese que Natalia hubiese visto en ella.

Algo en la actitud de Octavio denotaba un miedo básico, algo que, sin embargo, su expresión desafiante se esforzaba en ocultar. De un modo inconsciente debió percibir los signos evidentes de una amenaza que no era fingida. Veía mis ojos enrojecidos, observándole con la fijeza con que un ofidio escruta e intimida a su presa, mi cuerpo rígido, en el que la respiración parecía haberse detenido como en un animal a punto de saltar sobre otro. Aunque Octavio me sostenía la mirada, su pecho se había hundido y sus brazos se alzaban instintiva y levemente preparándose para la defensa.

Su pie derecho dio un paso atrás.

−¿Qué te has creído, hijo de puta? −gritó, dándome inesperadamente un empujón en el pecho tan fuerte que me hizo trastabillar en medio de la escalera. Hubiera caído rodando por ella si no hubiese conseguido agarrarme milagrosamente a la barandilla−. ¿Crees que me vas a dar miedo? ¡Me pagarás lo que me hiciste delante de Natalia!

Ahora que el muy inmundo me había dejado claro hasta dónde estaba dispuesto a llegar él, matándome si podía, vi la puerta abierta para descargar mi ira. Tan rápido que Octavio apenas sí tuvo tiempo de prever lo que iba a ocurrir, me lancé sobre él y, sujetándole por el cuello, le obligué a recorrer varios metros caminando hacia atrás, hasta empotrarle contra una de las sombrillas de la piscina.

—Suéltame, cabrón —masculló Octavio, falto de aire.

Pegué una sacudida a su cabeza que la hizo chocar contra el pie de hierro de la sombrilla. Octavio lanzó un quejido de dolor. Me miró con ojos atónitos. Quería protestar, defenderse, pero con cada intento mis dedos parecían incrustarse más fuerte en su carne y el esfuerzo de tragar aire le resultaba más pesado e infructuoso.

—¿Qué es ella para ti? —le pregunté, impasible a los signos de asfixia que comenzaban a hacerse evidentes: la pérdida de color, el extravío de los ojos—. Un ilustre apellido, una sucesión de premios en portadas de libros, un billete de asistencia gratuita a fiestas de famosos, y gracias a todo esto y por encima de todo ello, tu propia y mediocre forma de triunfo: porque no hay mayor poder que el de quien destruye al más poderoso, y estrujando entre tus manos el corazón de Natalia crees situarte por encima de ella.

—Estás loco —pareció decir Octavio, pero su garganta fue incapaz de darle forma al soplo de aire que salió de ella.

—No vuelvas a hacerle daño. Te lo advierto. ¡No vuelvas a hacerlo! —le grité.

Con gusto hubiera apretado aquel cuello hasta que mis dedos le atravesaran la carne y los huesos, y la cabeza se desprendiese del tronco, pero conocía las consecuencias legales y la tabarra que me daría mi propia conciencia, de modo que, en un esfuerzo que por un momento creí imposible conseguir, solté el cuello de Octavio y me aparté rápidamente de él, como temiendo que una crecida de mi odio y violencia me obligase de nuevo a atraparlo y acabase esta vez con su vida.

Octavio se dobló sobre sí mismo, tragando aire anhelantemente.

Frente a él, en silencio, le observé durante largo rato. Me parecía un miserable, un alfeñique, que, tosiendo y masajeándose el dolorido cuello, doblado hasta casi tocar el suelo, emitía insultos broncos, incomprensibles, a través de una garganta inflamada

Decidí que tan pobre enemigo no merecía más atención por aquella noche. Ya debía haberle quedado claro quién era y sería siempre el ganador de cualquier enfrentamiento entre nosotros, pese a que su dignidad le impidiese cualquier indicio de sumisión. Sin una palabra más, di media vuelta en dirección hacia la escalera.

Habría andado unos diez pasos cuando un golpe en la espalda me derrumbó. Quedé tendido en el suelo, boca abajo, por unos segundos paralizado por el dolor y la sorpresa.

—¿Y ahora qué, hijo de puta? —oí gruñir la voz colérica y enronquecida de Octavio.

Trabajosamente, ladeé la cabeza hacia la izquierda y miré hacia arriba. El rostro todavía amoratado de Octavio me miraba con expresión iracunda. Respiraba con fatiga y tenía las piernas separadas para evitar tambalearse. En las manos alzadas sostenía por las patas la silla de plástico con la que me había golpeado.

—Cobarde —murmuré.

Pese a que aún se encontraba débil por la falta de aire y el susto, la ira le dio fuerzas suficientes para descargar de nuevo el peso de la silla sobre mi cuerpo. Me golpeó repetidas veces. Dos, tres, cinco, siete… Me encogí sobre mí mismo, protegiéndome la cabeza con las manos, gritando de dolor cada vez que el duro borde del respaldo de la silla golpeaba mi columna. Mis gritos parecieron alimentar las fuerzas de Octavio, hasta que, de pronto, ante mi súbito y medido silencio, se detuvo. Entonces, con la espalda destrozada de dolor, giré velozmente sobre mí mismo y me incorporé lo suficiente para sujetarme a la silla y arrancársela a Octavio de las manos al tiempo que el impulso me servía para levantarme. Asesté un primer puñetazo sobre la cara de un Octavio agotado, sorprendido y asustado. Esta vez no hubo conciencia represora que me contuviese. Un segundo y un tercer puñetazo obligaron a Octavio a casi correr de espaldas, con los brazos elevados y girando hacia atrás como aspas de molino, luchando por mantener el equilibrio. Al cuarto golpe Octavio cayó a la piscina.

Me ardía la espalda, y los múltiples dolores sumados al esfuerzo de los puñetazos, propulsados con toda mi fuerza, me habían agotado. Acusaba también las pocas horas de sueño de los últimos días y la debilidad causada por el alcohol ingerido.

Descansé de pie en el borde de la piscina, con los ojos cerrados, las manos masajeando los lastimados riñones y espalda, y la respiración agitada. La lección dada a Octavio había destrozado mi cuerpo pero relajado mi mente. Estaba satisfecho de mí mismo. Pese a que aquel cobarde me había atacado por la espalda, yo había logrado ganar la pelea.

Al abrir de nuevo los ojos, lo primero que vislumbré fue la belleza imperturbable de un cielo tachonado de brillantes estrellas. Durante unos minutos me perdí en su quietud. Ante mí todo era cielo y horizonte. Cuanto podía verse en ciento ochenta grados se envolvía en una serena negritud bellamente alumbrada por la suave luz plateada del universo. Pero luego, bajando la vista hacia la piscina, descubrí el cuerpo de Octavio flotando boca abajo en sus aguas oscuras, como un fardo sin vida.

Por un momento se me fue la cabeza. Me dio un vuelco el corazón y un espasmo de horror e irrealidad me paralizó. No podía estar muerto, no de aquella forma estúpida, casual, impremeditada. En apenas unos segundos me vi arrestado por la policía, los interrogatorios en las comisarías egipcias, el juicio, los compañeros de celda...

En cuanto pude coordinar los pensamientos comprendí que debía lanzarme al agua e intentar salvarle, pues cabía la posibilidad de que aún estuviese con vida. Pero no me sentía con fuerzas para saltar. Al estirarme, el dolor de espalda era tan grande que pensaba que alguna de mis costillas se había roto o estaba a punto de hacerlo. Bajé por la escalerilla, todo lo deprisa que pude, y nadé hasta Octavio, que flotaba en la zona más profunda de la pequeña piscina. Le cogí por un brazo y nadé, tirando de él, hacia la escalerilla. Él continuaba con la cabeza sumergida en el agua, pero yo no hacía pie en aquella zona y el estado de mi cuerpo no me permitía el riesgo de intentar darle la vuelta. Si una de mis costillas se rompía o, ya rota, se desplazaba… No podría soportar un aumento del dolor que era ya, en aquel momento en que luchaba por desplazarme en el agua arrastrando el cuerpo, insoportable. Si mi situación empeoraba era probable que ni yo mismo lograse salir de la piscina. Al llegar a la escalerilla, enredé como pude los brazos de Octavio en la barandilla para evitar que se sumergiese mientras yo subía los escalones.

El agua fría de la piscina y los nervios me espabilaron y anestesiaron sensiblemente mis dolores. Ya arriba, tiré de los brazos de Octavio hasta lograr que la mayor parte de su tronco descansase sobre el borde de la piscina. Después, me acuclillé a su lado y, tirándole de los pantalones, logré subirle también las piernas. Le di la vuelta y le estudié en busca de signos de vida. Le salía sangre por la nariz y no parecía respirar. Le tomé la muñeca entre los dedos. Advertí que el pulso todavía le latía, débilmente, cada vez más débilmente. Sabía que debía correr en busca del médico, o, mejor, antes de eso, hacerle yo mismo el boca a boca. Un minuto de espera podía ser fatal. No sabía exactamente cómo hacer eso, pues mis conocimientos de primeros auxilios, como los de casi todo el mundo, procedían de las películas. Además, me daba asco apoyar la boca sobre la de Octavio, e incluso rozarle la cara, la cual se estaba llenando de sangre que brotaba de pequeñas heridas.

Entonces, como un fucilazo inspirado por los dioses, acudió a mi mente otra escena, una posibilidad diferente. ¿Y si simplemente le dejaba morir, como las parcas parecían haberlo decidido?

Recordé el mito platónico del anillo de Gilges, sobre el que tantas veces había meditado en abstracto. En la invisibilidad, el mejor de los seres humanos es capaz de cometer el peor de los actos. Y yo ni siquiera era el mejor de los seres humanos. ¿Sería capaz, libre de las consecuencias legales que la visibilidad acarrea, de dejar morir a aquel hombre, incluso de participar premeditadamente en su muerte? En aquel momento yo era invisible, nadie me había visto subir a la cubierta y sólo la fatalidad haría que alguien me viese bajar. Sin pretenderlo, me vi a mí mismo arrojando el cuerpo por la borda. ¿Cuánto tiempo tardaría en ser hallado el cadáver en el inmenso Nilo? Suficiente para que la descomposición hiciese desaparecer las huellas de la pelea. Con que el cuerpo de Octavio permaneciese unos pocos días en sus aguas, nadie podría probar nunca que hubiese mantenido una pelea antes de caer, ni mucho menos con quién. Cierto que con la altura de aquella barandilla caerse era prácticamente imposible, pero... también lo sería el probar que yo le había arrojado. Yo podía, deseaba, debía hacerle desaparecer. El pulso de Octavio seguía debilitándose entre mis dedos. Si yo no lo impedía, él continuaría maltratando a Natalia, minando su moral hasta destruirla.

Me puse en pie con una resolución tomada.

Primero debía asegurarme de que nada me delataría. Si había manchas de sangre en el suelo me sería imposible quitarlas y tendría que dar marcha atrás en mi plan. Recogí la silla con la que Octavio me había golpeado. La observé con cuidado en busca de manchas de sangre. No había ninguna. La dejé correctamente colocada, junto a una tumbona. Escruté cada milímetro del suelo donde la pelea había tenido lugar. Tampoco había rastros de sangre, ni mía ni de Octavio. Sí la habría, muy probablemente, en el agua de la piscina, pero en una ínfima cantidad que a la mañana siguiente habría sido depurada, o, en cualquier caso, disuelta por completo. Me arrodillé de nuevo junto al cuerpo. Debía levantarle la camiseta por encima de la cabeza para evitar que la sangre, que brotaba de su cara en discreta cantidad, pudiese chorrear al transportarle.

Puse los pies a ambos lados de su pecho y le eché los brazos hacia atrás. Después, ahogando los gemidos e ignorando los dolores de mis costillas, di tirones a la camiseta al tiempo que levantaba sus hombros para poder estirarla también por la espalda, hasta que conseguí cubrirle con ella la cara, y, al hacer esto, Octavio empezó a toser, expulsando el agua de sus pulmones.

"¡Maldita sea!", murmuré en mi interior. Me detuve durante unos instantes. Su cabeza cayó al suelo de nuevo y quedó gimiente, como adormilado.

Estaba vivo y con posibilidades de seguir estando. Bueno, ¿y eso qué cambiaba? Nada, me dije. Seguiría adelante con mi plan.

Comprobé que no hubiera caído sangre al suelo: lo encontré limpio.

Pensé que lo mejor sería tirarlo por la proa. De este modo existían posibilidades de que las hélices del barco destrozasen el cuerpo, eliminado así más rápidamente los indicios de violencia. Sin embargo, de repente se me ocurrió que era posible que alguien lo viese caer, pues suponía que el puente de mando, o como quiera que se llamase el lugar donde se hallaba el timón o lo que sirviese para gobernar una motonave tan moderna como aquella, estaría en ese lugar. Por tanto decidí arrojarlo desde babor, en la zona exacta donde sabía seguro que únicamente había camarotes, justo donde se encontraba el mío, hacia la mitad del barco.

Me pregunté cuál sería la forma más sencilla de cargar con el cuerpo. Tal vez cogiéndolo en brazos, como a un niño, o con el peso repartido en ambos brazos... Finalmente, me arrodillé a un lado, me doblé junto a él y, tomándolo por las muñecas, comencé a arrastrarlo los metros que nos separaban del punto de la barandilla que había decidido que era el idóneo.

Me detuve. La camiseta se estaba enrollando bajo el cuerpo al arrastrarlo y la cara podía quedar al descubierto y manchar el suelo. Tuve que agacharme y levantarle la cabeza para volver a estirarla. Octavio la movió ligeramente, sin proferir ningún sonido.

Llegué por fin hasta el lugar escogido y dejé el cuerpo en el suelo un momento. Le pasé mis brazos bajo los hombros y, despacio, procurando mantener la espalda recta para evitar lastimarla más, logré levantar su peso hasta colocarlo en equilibrio sobre la barandilla, con medio tronco colgando hacia el exterior.

Con el cuerpo sujeto, me pregunté por última vez si debía hacer lo que estaba a punto de hacer. Noté que los efectos del alcohol ya no eran tan fuertes y Pepito Grillo cobraba fuerza. Por desgracia, comenzaba a pensar, a inundarme de preguntas y temores.

El cuerpo de Octavio estaba caliente, pero silencioso, pese a que había expulsado el agua de sus pulmones. ¿Viviría aún? Mi conciencia estaría más tranquila en un futuro si sabía que estaba muerto cuando lo arrojé al río.

Deslicé trabajosamente el cuerpo hasta el suelo, con cuidado, hasta dejarlo tumbado. Maldecía la conciencia que me gritaba que merecía la pena asegurarse de que había muerto.

Le tomé el pulso. Un leve punto de energía latió bajo mi dedo con más fuerza que la última vez.

Vivía. Y estaba dispuesto a continuar haciéndolo.

Me puse en pie y miré hacia la orilla. Todo era paz, silencio.

Podría volver a levantar el cuerpo, colocarlo como estaba un momento antes y, en un único gesto desapasionado, arrojarlo por la borda como un fardo de ropa vieja. Caería limpiamente al río, sin que al mundo pareciese importarle.

Pero, no lo hice.

Suspirando, perdí la vista en la oscuridad de la orilla vecina durante un segundo.

Luego me marché.

Capítulo 4

Me contemplé con ansiedad en el espejo de mi pequeño baño.

"Por poco le mato", pensé, anonadado.

A menudo me había preguntado si sería capaz de matar a otro ser humano. Me decía pacifista, sin embargo, ahora veía que en realidad no me costaba demasiado levantar el puño.

"Debe de haber sido la bebida. ¡Maldito alcohol!"

Pero no es que estuviera cien por cien contento por haber respetado finalmente la vida de Octavio y por haberme salvado de las consecuencias legales, por el contrario, me sentía irritado.

Me estudié detenidamente.

Había estado a punto de asesinar a un hombre. Sólo la suerte de la víctima, en forma de un momento de debilidad propia, lo había evitado. Pero no apreciaba ninguna de las emociones que había supuesto, que cualquier buen ser humano habría supuesto. Tan sólo sentía una multitud de dolores, cansancio y un deseo ferviente de poder dormir.

"Bueno –me dije–, al fin y al cabo, no le maté".

Habría un nuevo amanecer a la mañana siguiente. Uno al que Octavio asistiría porque yo no era un asesino. O no del todo. O tal vez sí. Estaba claro que no me arrepentía de haber querido matarle. Pero, ¿me arrepentía de no haberle matado?

–*Gnothe seauton* –murmuré ante el espejo–. Aún no me conozco.

Me puse el pijama y me arrebujé entre las sábanas. Probablemente Natalia ya habría salido en busca de su novio, preocupada al ver cuánto tardaba. Habría pedido ayuda y le habrían trasladado a la enfermería. Pobre Natalia. Qué noche la esperaba.

Al día siguiente mi despertador sonó a las siete y media. Me levanté nada más despertarme, rápido y lúcido, pese a que no parecía haber una sola zona de mi cuerpo que escapase al dolor, y, cuando, a las ocho, bajé al comedor para el desayuno, me encontré un revuelo de gente en la recepción. Crucé deprisa sin mirar a nadie ni permitir que nadie me viera, abriéndome paso entre la gente, y seguí mi camino hasta el comedor. Escogí una mesa arrinconada, me serví algunos pasteles y un par de bollos del bufé, y me dispuse a desayunar como cualquier mañana. Pero mi cerebro era un hervidero de pensamientos y preguntas que no iban a dejarme en paz. ¿Qué habría ocurrido la noche anterior? ¿Me habría delatado Octavio? ¿Qué estaría ocurriendo en la recepción?

Perdí el apetito. La comida no me entraba en el cuerpo y me dejé la mitad de los alimentos que me había servido.

Me entró ansiedad por enterarme de todo y me dirigí hacia la recepción, donde se habían congregado un gran número de personas, entre ellos, el matrimonio Ortiz.

–Buenos días, Marta, Arturo. ¿Saben ustedes por qué hay tanto jaleo? –pregunté, disimulando mi temor y mis nervios.

–Pues que ha desaparecido un chico, hijo mío –me respondió la señora–. Precisamente el chico del que hablábamos ayer; el novio de la escritora.

–Octavio Arcas, se llama –anotó Arturo.

Supongo que palidecí de asombro. Me hubiera esperado cualquier cosa excepto eso.

–¿Y cómo es posible? –pregunté–. Igual se quedó dormido en los sofás de la cafetería, o..., no sé...

–Si llevan buscándole desde las tres de la mañana –continuó explicando el hombre–, cuando dio Natalia la voz de alarma, porque le había dejado en la cubierta hora y pico antes, y salió ella a buscarle por todas partes porque no venía, y no lo encontró en ningún lado.

—¿No te has enterado de que estuvimos parados casi dos horas? —me preguntó la señora con incredulidad.

—No, en absoluto —contesté con extremo interés y sincera sorpresa—. Estaba tan cansado que he dormido muy profundamente. No me he enterado de nada. ¿Qué pasó?

—Pues que detuvieron la motonave porque la chica tenía miedo de que el novio se hubiese caído al agua —prosiguió el marido—. Pero, figúrate... A la velocidad del barco, si se cayó pongamos a las dos de la mañana, a las tres o las cuatro ya estaría lejísimos de ese punto. Creo que estuvieron enfocando al río por si lo encontraban mientras registraban la cubierta, pero... Porque no se dijera que no hacían nada, porque, entre la distancia, la oscuridad y la anchura de este río..., si de verdad se ha caído no lo encuentran en la vida.

—Por no hablar de los cocodrilos. Llamaron a la policía —añadió Marta—, que me figuro que a estas horas estará buscando por la zona en que pudo caerse, pero...

—A estas horas estará en el fondo. O quizá haya sido devorado —completó su esposo.

—Pero, no es posible que se cayera, ni siquiera aunque se sintiese enfermo o mareado... —musité—. La barandilla es muy alta.

—Pues igual estaba borracho y se puso a hacer el tonto, a intentar sentarse encima o algo —contestó ella—. No sería nada raro porque yo misma les vi, a él y a su amigo, intentarlo la otra mañana.

—Sí, es verdad —confirmó Arturo—. Porque les llamó la atención un camarero, que, si no, alguno de ellos ya se hubiera caído en ese momento. De todas formas, la policía tendrá que investigarlo. Estamos esperando a que llegue, y supongo que no dejarán que hagamos las excursiones programadas ni que salga nadie del barco hasta que hagan su trabajo.

—Mira —le llamó la atención la señora—, ahí está una de las chicas que iba con él.

Mónica, la amiga de Natalia, estaba en el mostrador de la recepción. Me despedí del matrimonio para ir a hablar con ella.

–Mónica, ¿es verdad que Octavio ha desaparecido?

–Sí. Estaba pidiendo unas mantas para Natalia, porque no le funciona la calefacción en el camarote y con los nervios está muerta de frío.

–Iré a verla.

–Mejor no. No está para ver a nadie –me respondió en tono áspero–. Se ha pasado la noche en vela registrando todo el barco; primero ella sola, luego con nosotros, luego con la tripulación... Y, encima de la preocupación que tiene, ha cogido frío de estar tanto tiempo en la cubierta de madrugada.

–Está bien… La veré más tarde entonces, cuando haya descansado. Por favor, dile que si puedo ayudarla en algo… aquí estoy.

Fui a hablar con el capitán, quien me repitió todo lo que ya sabía.

Tras hablar con él, decidí subir a la cafetería, pues, tal y como los señores Ortiz me habían explicado, nadie podía bajar del barco en tanto la policía no aclarase el asunto. Por otro lado, quería hacer el recuento de mis alumnos y supervisarlos lo más posible.

Rostros conocidos salían y entraban inmersos en conversaciones que la mayoría de las veces nada tenían que ver con el caso Octavio. Oía maldiciones también, imprecaciones de todo género contra su suerte. A la mayoría lo único que parecía importarles de la desaparición de su compañero de viaje era que implicaba una irreparable pérdida de horas y, por lo tanto, de visitas turísticas.

¿Dónde se habría metido ese maldito? ¡Era absolutamente imposible que se hubiese caído por la borda, ni siquiera aunque se hubiese apoyado en ella para vomitar!

No se había vuelto a caer en la piscina. Lo habrían encontrado en seguida. ¿Y si se estaba escondiendo, confabulado, quizá, con sus amigos, para hacerme pagar todo lo que le había hecho? Quizás incluso habría dejado falsas pistas que me incriminaran en su presunto asesinato.

Algún pelo mío mezclado con sangre reseca de Octavio podría estar esperando ahora mismo la llegada de la policía pegado a la barandilla de la cubierta, justo en el punto desde el que había estado a punto de lanzarle. Era muy fácil que Octavio tuviese algún resto orgánico mío entre las uñas, o restos de mi ropa. Organizarme una trampa no le habría costado nada.

Temblaba de miedo al pensar esto.

¿Qué haría la policía cuando llegase? ¿Realizaría un exhaustivo examen de la cubierta en busca de pistas, a pesar de que decenas de personas habían pasado por ella desde la posible hora de... de la desaparición?

Casi todos mis alumnos se habían dirigido al bar de la cubierta, y ahora lo hice yo, horrorizado ante la idea de que se encontraran en la escena del crimen incontables pistas que me incriminaran.

La cubierta estaba inundada de sol, de gente rindiéndole culto, tomando bebidas frías e incluso zambulléndose en la pequeña piscina.

En el lugar exacto donde había levantado el pesado tronco de Octavio para cubrirle la cabeza con la camiseta y evitar que chorreara su sangre, una joven se aplicaba protector solar tumbada sobre una toalla.

Proyectando la mirada hacia la belleza de la lejanía, del perfecto cielo de un azul sin tacha, me pareció que todo en esa naturaleza espléndida era una manifestación sublime de la insignificancia del dolor humano y de la intrascendencia misma de su vida.

Poseído del temor del culpable, miré con disimulo a cada punto que fuera escenario de las luchas. En la zona de la barandilla por donde había estado a punto de arrojar el cuerpo, no había nadie. Se me ocurrió sentarme yo mismo justo en aquel punto, pedir una bebida y dejarme ver, de forma que posibles huellas, trocitos de mi piel o de mi ropa, sangre o Dios sabía qué, quedasen justificados con mi presencia de aquella mañana.

Fui a pedir un refresco a la barra y le indiqué al camarero el lugar donde debía llevarlo: una silla que yo mismo había dispuesto junto a la barandilla. Cuando el camarero me llevó el vaso con el refresco recibió una propina lo bastante espléndida como para que no olvidara fácilmente a quien se la había entregado.

A plena luz del día, observé con discreción la barandilla y el suelo junto a ella sin hallar vestigios de lucha ni de ninguna otra cosa.

Pero, si bien lo pensaba, ¿y qué si Octavio había dejado pistas para incriminarle en un asesinato nunca cometido? Estaba vivo, y tarde o temprano tendría que aparecer.

De repente me encontraba relajado, inocente. En medio de una luz como aquella, envuelto en risas, en ruidosas zambullidas infantiles, en pieles morenas que esbozaban sonrisas pese a la contrariedad, era imposible ver el mundo de otra manera. La vida continuaba a mi alrededor. Un cúmulo de personas felices bañadas por el sol, mis propios alumnos dándose el lote, riendo, charlando, realizando un viaje inolvidable, se encargaban de demostrármelo a cada segundo.

Cuando bajé a la recepción, una hora después, me enteré de que habían entrado un par de agentes, con más aspecto de diplomáticos que de policías, a los cuales se había dirigido a una sala privada. Otro hombre, con indisimulado aspecto de matón, custodiaba la salida del barco mientras conversaba amigablemente con algún miembro de la tripulación.

Llegó a mis oídos que los agentes estaban interrogando a Natalia y a los amigos del desaparecido, y que, probablemente, después continuarían con el resto de los viajeros. Por supuesto, hasta el momento Octavio no había sido encontrado ni vivo ni muerto.

El director de crucero rogó a todo el mundo que desalojase la cubierta, los camarotes y todas las zonas comunes y se reuniera en la cafetería en espera de noticias, seguramente porque la policía deseaba hacer un registro exhaustivo. Me senté otra vez en la cafetería, en uno de los cómodos sofás, acompañado por los señores Ortiz y de un joven matrimonio italiano con sus dos niñas. Esperaba ser llamado a declarar de un momento a otro. Observé que en la cafetería se encontraban todos los miembros de su grupo a excepción de Natalia y sus amigos, quienes sin duda estarían hablando con la policía.

Noté que la gente se estaba irritando progresivamente. ¿Qué iba a pasar con las excursiones de aquel día si les retenían toda la mañana en el barco?, protestaban. Era un tiempo irrecuperable, un día de crucero perdido que trastocaría todo su itinerario. Todo estaba cronometrado al segundo y la perdida de varias preciosas horas significaba dejar de disfrutar de las maravillosas visitas que tan caras habían comprado. Y las cosas aún podían ponerse mucho más feas si la policía decidía retenerles durante días. Era una posibilidad, al fin y al cabo. ¿Qué le habría sucedido a aquel chico? La gente no paraba de conjeturar al respecto.

Entonces me llamaron a mí.

Me dio un vuelco al corazón cuando vi que dos miembros de la tripulación oteaban entre las cabezas de todos los pasajeros y se detenían al divisarme. Se acercaron con viveza y me dijeron:

—Por favor, acompáñenos. La policía desea interrogarle.

—¿A mí? —pregunté con voz ingenua, dándome cuenta de que estaba haciéndome parecer culpable.

El corazón parecía ir a escapárseme del pecho, como queriendo poner pies en polvorosa de aquel cuerpo antes de que fuese enjaulado en una siniestra celda egipcia. ¿Es que Octavio realmente estaba muerto y habían encontrado pruebas contra mí?

Seguí con docilidad a los dos hombres que habían ido a buscarme. Los hombros caídos, la cabeza algo gacha. Adquirí automáticamente una actitud de mansedumbre servil, de inocente ingenuidad que me hizo avergonzarme de sí mismo. Era como cuando estaba en el colegio y me llevaban ante el director. No era extraño pues que tuviese miedo como un niño. Me parecía necesario fingir sumisión. Un Norman Bates diciéndole al mundo: "Fijaos en mí, ¡si sería incapaz de matar ni a una mosca!"

De esta forma entré en mi propio camarote, donde me esperaban dos policías que me saludaron cortésmente al entrar, y un traductor.

Los agentes dieron por supuesto que estaba al tanto de la desaparición de una persona que era miembro de mi grupo. Me informaron de que durante las próximas horas interrogarían a la totalidad de los pasajeros, y, mientras tanto, nuestras visitas turísticas deberían ser *aplazadas*. Pese a que los agentes resultaban mucho más amistosos que intimidatorios, no le vi el sentido a comentarles que las visitas que no pudieran hacerse a su debido tiempo no resultarían aplazadas, sino irremediablemente perdidas.

–¿Qué hizo usted ayer pasada la medianoche?

–Después del cóctel en el salón subí a mi camarote –contesté sin vacilación–. Creo que serían aproximadamente las doce y media. Iba a haberlo hecho un rato antes porque estaba agotado, pero el capitán me ofreció un brindis con la tripulación, en honor a nuestra guía, y no pude rehusar. Había sido una jornada tremendamente cansada.

–Cuando salió del salón, ¿vio a alguien que subiera o bajara de la cubierta?

–No. A nadie.

–¿Oyó voces o cualquier ruido que le resultase extraño o demasiado fuerte?

–No. Nada en absoluto.

–¿Quién recuerda que se quedara en el salón cuando usted se marchó?

–Muchísima gente, pero, francamente, no podría dar nombres. Entre la bebida y el cansancio estaba adormilado. Tan sólo recuerdo vagamente a los hijos de Amanda Aznar, porque estaban filmando con su cámara de vídeo. Sin duda ella misma estaría cerca. Había mucha más gente, pero creo que pocos de ellos pertenecían a mi grupo. Había sido una jornada agotadora para todos.

–Estando en su camarote, ¿oyó algún sonido que pudiese

corresponder a la caída de un cuerpo al agua?

–No. No lo oí. Pero me dormí tan rápido y profundamente que no me hubiese enterado de haberse producido.

–¿Ha advertido problemas entre el desaparecido y algún pasajero del barco? ¿Alguna discusión?

La imagen del hijo mayor de Amanda cruzó fugazmente por su mente. La deseché.

–No –negué de nuevo, acentuando la expresión de ignorante inocencia. Yo mismo había supuesto la peor fuente de problemas para Octavio–. Ninguno que yo sepa.

–¿Diría que el desaparecido se llevaba bien con su novia y los amigos con los que viajaba?

–Supongo que sí. Al menos yo no he sido testigo de ningún roce entre ellos.

¿Les contaría Natalia la pelea que Octavio y yo habíamos mantenido el día anterior? Tal vez no. Hacerlo supondría explicarles que Octavio la maltrataba, lo cual hubiera hecho caer sobre ella un posible móvil para matarle.

–¿Sus alumnos son chicos conflictivos?

–¡En absoluto! Y no creo que ninguno de ellos haya intercambiado siquiera una palabra con el desaparecido.

–¿Alguno de ellos se droga?

–¡Por supuesto que no!

Me hicieron alguna otra pregunta análoga y me dieron las gracias. El interrogatorio había concluido.

–¿Creen que está tarde podremos salir del barco para continuar con el programa del viaje? Tengo veinte adolescentes en este barco que no van a tardar en ponerse nerviosos.

Calculaba unos ciento veinte pasajeros a los que habría que interrogar, además de la tripulación. A razón de diez minutos mínimos de interrogatorio, tendrían hasta la noche.

–Es posible, señor. Hay bastantes agentes trabajando en el caso para evitar causar a los turistas más molestias de las estrictamente imprescindibles.

Regresé al salón–cafetería, donde decenas de ojos se volvieron para mirarme ansiosos de información. El asiento que había dejado seguía libre y me senté en él.

Los italianos y los señores Ortiz me miraron sin atreverse a preguntar más que con la mirada.

—Van a realizar un interrogatorio a todos los pasajeros —les expliqué en voz baja.

Ellos asintieron.

—Nos lo temíamos.

Pocos minutos después, el capitán y una autoridad policial hicieron acto de presencia en el salón para rogar a todos los viajeros que ocupasen los camarotes que cada uno de ellos tenía asignado. Los representantes de la policía pasarían de uno en uno para realizar algunas preguntas así como una inspección visual.

Entre la gente se oyó un murmullo de protesta. Definitivamente habían perdido la mañana. Se encaminaron todos a sus camarotes, quejándose.

Yo me asomé a los pasillos y recepción para echar un vistazo.

Ahora se había multiplicado el número de policías. Se les veía saliendo y entrando de los camarotes, observando atentamente a los pasajeros, de pie en los pasillos...

Puesto que ya había sido interrogado, después de acompañar a mis quejosos alumnos a sus camarotes, regresé a la cafetería.

Deseaba que aquel misterio se esclareciese cuanto antes. Que Octavio apareciese, vivo, llegado de donde quisiera que fuese, pero que apareciese ya. Pero, ¿de dónde iba a salir? ¿De una nave extraterrestre que le hubiese abducido mientras yacía en cubierta? ¿Del poder de unos terroristas que hubiesen subido hasta allí y le hubieran arrojado a su faluca para secuestrarle? En buena lógica, no había ningún lugar donde pudiese estar, salvo en el fondo del Nilo.

A los pocos minutos entró una familia italiana que ya habría sido interrogada, y, enseguida, algunos españoles a los que no conocía.

Probablemente, con quienes no formaban parte de mi grupo

el interrogatorio fuese más ágil, ya que era improbable que ni conociesen a Octavio.

Cada pocos minutos siguió apareciendo en el salón uno o dos pasajeros más, con cara de desesperación.

Varios italianos se sentaron en seguida en los sofás y butacas a mi alrededor. Lo agradecí, porque, evitando que se sentara junto a mí alguien que hablase mi idioma, me ahorraba el tener que intercambiar comentarios de ningún tipo. Lo que menos me apetecía ahora era hablar con nadie.

Seguía reflexionando sobre el paradero de Octavio. Ya estaba, obviamente, descartado el que se tratase de una broma suya. No podía hallarse escondido en ninguna parte del barco, ni por sí mismo ni contra su voluntad, pues me habían informado de que la motonave había sido peinada centímetro a centímetro. La única posible vía de desaparición era el Nilo.

O se había caído accidentalmente o alguien le había arrojado.

Alguien que se lo hubiese encontrado allí tirado cuando yo me fui, agotado, casi indefenso todavía, y hubiese aprovechado la oportunidad para librarse definitivamente de él.

No hacían falta muchas fuerzas para rematar lo que ya había casi acabado yo.

¿Habría subido Natalia a buscarle y...?

O el joven Edipo, tal vez, Borja, el hijo de Amanda, que andaba con la cámara por todas partes...

Mis pensamientos daban vueltas como una noria, sin llegar a ninguna parte.

Lo único que tenía claro era que, de la forma más absurda, las cosas se estaban poniendo muy feas para mí. No era culpable y sin embargo había tenido que mentir durante el interrogatorio como si lo fuese. Lo peor era que sí me sentía culpable. Me vino a la mente la seguridad de que en aquella cubierta la noche anterior había tenido lugar un crimen, y que, de alguna forma, casual pero determinante, yo había tomado parte esencial. Que había puesto la primera piedra, asestado los golpes, no mortales pero sí capitales, de un crimen que alguien más se había limitado a rematar.

No cabía otra posibilidad.

Llevaba allí ya casi cuatro horas cuando vi entrar a Amanda con sus dos hijos. Debían de ser los últimos que faltaban por aparecer. Amanda y el hijo pequeño me obsequiaron con un breve saludo, cortes pero distante, y fueron a sentarse en el otro extremo. Borja, que escoltaba a su madre, fijó en mí una larga mirada insondable en su expresión de soberbio.

No habían pasado más que unos minutos cuando, para mi horror, se allegaron a mí de nuevo dos personas que me requerían para un nuevo interrogatorio.

–¿Quiere hacer el favor de acompañarnos, señor Salcedo? Es necesario realizarle algunas preguntas más.

Era lo lógico. Incontables pasajeros les habrían hablado del incidente con el cigarro de Octavio.

Esta vez los dos hombres no eran personal de la tripulación, sino policías, pero no reconocí a ninguno de ellos como a los que me habían interrogado horas antes.

Aquello se ponía claramente feo, y mi corazón comenzó a acelerarse.

En la expresión en sus rostros advertía una manifestación de sospecha, antipatía, una fría seriedad de la que hasta entonces no había sido objeto.

Se me formó un nudo en la garganta. Estuve a punto de preguntar: "¿Por qué?", pero sabía que debía limitarme a acompañarles como si ello no me causara ninguna inquietud.

Me puse en pie y, dedicándoles una leve sonrisa, dije:
–Naturalmente.

Me condujeron, en esta ocasión, hasta una pequeña sala privada de la que sólo hacía uso la tripulación. En ella había algunas butacas, una pequeña nevera, una mesa redonda con dos ó tres sillas alrededor y un televisor de quince pulgadas, encajado en un mueble librería, que en aquel momento estaba encendido, pero mostrando únicamente niebla silenciada. Los dos policías entraron tras de mí y cerraron la puerta.

Junto a la televisión estaban los dos agentes que ya conocía.

Me dirigieron una mirada seca en cuanto me vieron entrar. Uno de ellos arrastró una de las pequeñas butacas hacia la librería, dejándola colocada frente al televisor.

—Siéntese, señor Salcedo, por favor —me pidió fríamente, señalando la butaca.

Sentí los chorros de sudor frío que se precipitaban desde mis axilas y descendían por los costados como cascadas. La boca, en cambio, la notaba seca, como si acabase de atravesar el desierto.

Obedecí, tomando asiento en la butaca que se me indicaba.

Estaba siendo el objeto dc todas las siniestras miradas. Miradas como puñales. Miradas acusatorias. Las notaba sobre mí, cayendo sobre mí cuerpo como pedradas.

El silencio y la quietud eran totales. Una escena que supuse teatral. Dramática. Estudiada para asustarme.

Los dos policías me observaban atentamente, recostados contra la librería con los brazos cruzados sobre el pecho. Los dos que me habían acompañado hasta allí habían quedado a mi espalda. No podía verlos, ni tan siquiera sentirlos, como si se esforzasen por no respirar a fin de convertir aquella sala en una tumba.

Mi mirada vagaba por las estanterías, observando libros y objetos como si tuviesen capital importancia en mi liberación. Tenía un presentimiento horrible. El de que algo con lo que no contaba estaba a punto de conducirme a prisión.

—Usted nos ha mentido, señor Salcedo —habló por fin uno de ellos.

Le miré directamente a los ojos con los míos convertidos en los de un cordero.

—¿Yo? ¿A qué se refiere? Yo no les he mentido.

—Sí lo ha hecho, señor Salcedo. Uno de los pasajeros le vio a usted cuando subía a cubierta exactamente a las doce cuarenta y siete minutos.

—No. Eso es imposible. Me confundiría con otra persona.

Los dos policías intercambiaron una mirada.

—No perdamos el tiempo, señor Salcedo —volvió a hablar el

mismo.

El que había permanecido en silencio se volvió hacia la librería. En la estantería de encima de la televisión había una pequeña cámara de vídeo digital de la que partía un cable conectado a ella. El policía manipuló unos botones y subió el volumen del aparato. Se formó una imagen nítida: Gente vestida de gala bebiendo, riendo, que atravesaba en primer plano la cámara, dirigiéndole a veces un gesto gracioso y unas palabras, y, al fondo del escenario, una multitud que bailaba en la pista lejana. El festivo sonido del salón durante la noche anterior lo inundó todo, como si de una regresión temporal se tratase. En el ángulo inferior derecho de la televisión se leyó durante unos segundos:

29.06.2011 00:45

De repente, mi propia imagen apareció en primer plano. Caminaba cabizbajo, tambaleante. En la escena levanté un segundo la mirada y la posé directamente en el portador de la cámara. Enseguida la agaché y continué mi camino. Se escuchó el comentario con que el cámara quiso inmortalizar el momento:

—Aquí viene el gilipollas del profesor. Borracho como una cuba. No se lo pierdan, señores.

El cámara había girado para seguir mi tambaleante caminar. Ahora se veía mi espalda.

Había reconocido de inmediato su voz, y también había recordado vagamente el momento. "El cabrón del maldito Borja de los cojones", pensé.

La televisión continuaba emitiendo mi imagen. Ahora ascendía por la escalera que llevaba directamente a la cubierta. Cuando la escalera quedó vacía, el cámara giró bruscamente cien grados y la feliz multitud volvió a llenar la pantalla.

El policía apagó la cámara y la niebla inundó otra vez el televisor. Bajó el sonido.

De nuevo ambos policías se cruzaron de brazos en silencio, frente a mí, circunspectos, enfadados. Quise dirigirme a ellos por sus nombres, pero no los recordaba.

–Lo siento –me disculpé–. Compréndanlo. Hasta ahora ni siquiera lo recordaba. Como les dije, y han podido comprobar, estaba bastante bebido. Ahora recuerdo vagamente haber subido. Pensé que me sentaría bien el aire fresco. Pero estuve sólo un momento. Creo que ni siquiera llegué a pisar el último escalón. Di media vuelta cuando vi que allí había otra gente a la hubiera tenido que saludar. No estaba en situación de hablar con nadie, no podía dejar que me viesen así. Soy profesor y estoy aquí al cuidado de veinte menores de edad.

–Es muy comprensible, señor Salcedo –asintió con voz calmosa y rostro inexpresivo el policía situado a mi derecha, quien parecía llevar la voz cantante–. Los borrachos a menudo realizan espantosos actos que después no recuerdan. Ése es el problema: que si subió usted a la cubierta y no puede recordarlo, también es posible que hiciese algo allí de lo que tampoco se acuerda.

–¿Yo? –exclamé alarmado–. ¡No! ¡Por Dios! ¿Qué está insinuando?

–¿Vio usted a Octavio Suances cuando subió a la cubierta?

–No. No lo creo. En todo caso en la lejanía –mi garganta reseca se atragantaba con las palabras, que surgían nerviosas e inseguras–, si es que estaba entre las personas que había allí en aquel momento. Pero no podría dar el nombre de ninguna de ellas. Ni tan siquiera asegurar cuántas eran.

–Sin embargo, acaba de afirmar que las conocía. Debió reconocer a alguna. Se contradice. ¿Cómo puede decir ahora que no es capaz de dar ni un solo nombre?

–En aquel momento los reconocí. Recuerdo eso.

–No se ponga tan nervioso, señor Salcedo. Intente recordar quién estaba allí.

–No estoy nervioso –repuse, contundente. Me llevé atrás el sudoroso cabello. Quedé en silencio durante unos segundos. Mi miedo era translúcido. Hablaba de culpabilidad. Y la culpabilidad no tenía lugar en mi caso, era absurda. Luego, con mayor seguridad y firmeza, respondí–: Sí. Creo que ya recuerdo a quien vi. La oí, más que nada. Hablaba en alto, riéndose, y tiene una voz... no diría que grave, pero una voz que llena el espacio. Era Natalia Asensi. Miré en la lejanía y vi su figura. Se movía contenta, como bailando o jugando con sus amigos. No sé cuántos de estos habría con ella ni cuáles. La reconocí a ella y di por sentado que estaba con su novio y sus amigos, eso me bastó para dar media vuelta antes de que me vieran.

Dejé de hablar y miré fijamente al policía que me formuló la pregunta. Noté que, quizás como respuesta a la actitud psicológicamente agresiva de los policías, había recuperado parte de mi seguridad y dignidad. Debía hacerlo. A nada bueno podía conducirme lo contrario.

El policía asintió sin mayor expresividad que la máscara de una momia. Dejó pasar un minuto o dos antes de volver a hablar. Yo notaba crecer la irritación por segundos, comprendiendo que todo aquel teatro estaba estudiado para asustarme. Odiaba que me tratasen como a un ignorante a quien se puede reducir con unos gastados trucos de psicología barata. No iba a dejarme pisotear.

–¿Alguien le vio cuando regresó a su camarote? ¿Se cruzó con alguien?

Moví negativamente la cabeza.

–No, que yo sepa. Pero no iba atento a eso –contesté–. No iba atento a garantizarme una coartada con la que defenderme al día siguiente de..., de homicidio, supongo.

–No se ponga a la defensiva, señor Salcedo. Sólo estamos investigando, como es nuestra obligación. ¿Qué opinión tenía usted del desaparecido?

–¿Y qué opinión podría tener? Sólo era uno entre muchos pasajeros al que apenas hace tres días que conocía. No me ofrecía ningún interés especial. Casi no reparé en él.

Me sorprendí a mí mismo. Había pasado de la cobardía a una rabiosa indignación que se elevaba por momentos.

–Sin embargo, hubo un altercado entre ustedes. –Mi mirada se dirigió al suelo sin que pudiera evitarlo. Natalia les había contado lo de la pelea. Entonces sí que estaba en un grave apuro–. Casi todo su grupo fue testigo –continuó el policía.

Levanté la cabeza. Sólo hablaba del incidente de la colilla.

–¡Ah! –exclamé–. ¡Eso! Por Dios. Nadie podría llamar a eso un altercado. Le pillé apagando un cigarrillo contra la estatua de Horus y, como hubiera hecho usted, le llamé la atención. Le hice recoger el cigarrillo del suelo. No pude evitar que mucha gente se diese cuenta y no puso muy buena cara. Eso fue todo. Ni tan siquiera hubo una discusión.

–El señor Suances tiene, o tenía, un carácter fuerte, según dicen sus amigos. ¿No le buscó a usted para resarcirse de la humillación de que le había hecho objeto?

–Por supuesto que no. Por Dios, no fue para tanto. Además, aunque le hubiese surgido el deseo, lo cual habría sido absurdo, como cualquiera podrá confirmarle le saco casi una cabeza y soy a todas luces mucho más fuerte que él. No creo que le hubiese valido la pena arriesgarse a una pelea por una afrenta tan pequeña.

–¿Es que usted se hubiese peleado con él de haber sido provocado? –intervino ahora el otro policía. Tenía una voz calmosa. Irritantemente apacible en aquella situación, y disonante con sus palabras–. Quiero decir, teniendo en cuenta que es el responsable de un grupo de jóvenes estudiantes, supongo que se espera que usted no recurra a la violencia bajo ningún concepto. Sin embargo, parece que admite como posible librar una pelea con uno de sus compañeros de viaje, incluso por una cuestión extremadamente banal.

–Oiga, no tergiverse mis palabras. Por supuesto que nunca me hubiese peleado con él, lo que he dicho ha sido que para él mi superioridad física habría resultado disuasoria, no que yo hubiese permitido que la pelea tuviese lugar.

–Parece que no es muy difícil sacarle de sus casillas, señor Salcedo –opinó el otro policía. Su voz grave contrastó enormemente con la de su compañero. Me pareció todavía más estudiadamente acusatoria que antes.

–No cuando alguien intenta poner palabras en mi boca para acusarme de un crimen que no he cometido.

Sólo faltaba un flexo que me deslumbrase.

64

—Quizá no fue muy afortunado por su parte alardear ante nosotros de su superioridad física frente a una víctima de secuestro o asesinato. Da qué pensar. Es el irreflexivo comentario que hubiese hecho una persona acostumbrada a pegar primero y conversar después.

—Manual de psicología barata, lección quinta. Esto empieza a ser de una incoherencia surrealista —murmuré. ¿Qué era aquello? ¿Qué pretendían? Lo sabía de sobra: Lo que se pretende cuando se aplica a un sospechoso el tercer grado—. Niego rotundamente haberle causado el menor daño a Octavio Suances, ni haberlo pretendido o imaginado en ningún momento. Niego haberle visto la pasada noche a solas en la cubierta del barco ni en ninguna otra parte. Si tienen pruebas o indicios en mi contra o si no creen en mi palabra y piensan continuar con este interrogatorio deben saber que no añadiré una sola palabra más sin la presencia de un abogado ni sin haber hablado previamente con mi embajada.

Clavé una mirada áspera en los policías. Me la había jugado. Quizá ahora me esposasen y llevasen detenido, aunque sólo fuera por fastidiarme. Pero mi inteligencia más profunda me decía que había actuado bien. Que había obrado sabiamente al parar aquel delirante interrogatorio antes de que lograsen que cayese en contradicciones.

El policía que parecía de rango superior se irguió y lanzó un suspiro.

—Definitivamente, señor Salcedo, usted tiene muy poca paciencia. En ningún momento se le ha hecho ninguna acusación seria. Su compatriota ha podido morir, tal vez asesinado. Usted debería estar deseando saber qué ha sido de él y ser más comprensivo con nuestro trabajo, prestándonos toda su ayuda para esclarecer el asunto y detener al posible culpable. Es curioso que a una persona inocente le cueste tanto colaborar con la policía para aclarar todos los puntos oscuros, y, en su lugar, se tome el interrogatorio como una acusación contra él.

El policía exhaló el aire violentamente por la nariz y, con expresión descontenta, hizo un gesto a las dos esfinges que me flanqueaban, que dejaron sentir su presencia por primera vez, balanceando sus cuerpos ligeramente.

—Tendrá que esperar aquí un rato —dijo, y él y el policía de la voz de profesor de yoga abandonaron velozmente la sala, dejándome allí sentado, mirando tontamente de cara a la librería, custodiado por las dos silenciosas estatuas.

Durante un buen rato no supe qué hacer. Me daba la impresión de que la espera sería corta, a juzgar por la inmovilidad de los dos hombres, pero al cabo de un tiempo, diez o quince minutos, estos se dirigieron a la nevera, extrajeron un par de refrescos y se sentaron con ellos en las sillas que había junto a la mesa redonda.

Miré a la biblioteca en busca de algún libro que sostener entre las manos. Me levanté y cogí lo que parecía una novela en inglés en cuyo título o autor ni siquiera reparé. Volví a sentarme donde estaba, abrí el libro y me concentré en mis pensamientos, fingiendo que lo leía.

No podía ser verdad lo que me estaba ocurriendo. Si al menos hubiese matado a Octavio me resignaría con mi suerte, pero, ¿y si el argumento de aquella pesadilla continuaba adelante, como parecía probable? ¿Y si cuando volviese el policía era para esposarme y llevarme a una oscura celda donde probablemente ni siquiera se me permitiría hacer una llamada, no, al menos, antes de haberme torturado durante horas o días? *El expreso de medianoche* se proyectaba ante mis ojos fotograma a fotograma. Me veía apaleado, ensangrentado, enloquecido, relatando confesiones que me llevarían a un inapelable veredicto de culpabilidad.

Pero, por Dios, ¡yo era inocente! ¡Cómo podía haber llegado a aquel trance! Ése maldito Borja. Nunca en mi vida había odiado tanto a nadie.

¿Adónde habrían ido los dos policías? ¿A hablar entre ellos quizá? No podía ser. Tardaban demasiado. Tal vez estuviesen interrogando a alguien más. Quizá de nuevo a Natalia y a sus amigos. Que hicieran un esfuerzo. Que intentaran recordar haberme visto deslizándome en la oscuridad a través de la cubierta. ¿Y si después de sorberles el cerebro, como habían empezado a hacer conmigo, conseguían que alguno de los amigos finalmente balbuciese algo como: "Bueno, yo oí un ruido, yo vi una sombra." Los policías se aferrarían a esa vaguedad hasta transformarla en la nítida fotografía de mi propia persona: "¿No es cierto que podría tratarse de un hombre agazapado en la oscuridad? ¿No es cierto que le pareció alto, fornido, que tenía el cabello oscuro...?" ¿Y si le llevaban a admitir que era yo, sin duda, quien se ocultaba?...

La puerta se abrió violentamente.

Sufrí un sobresalto que, para mi tranquilidad, no fue observado por nadie.

–Puede irse, señor Salcedo –me ordenó el policía de mayor rango más que informarme–. Los agentes le acompañarán al salón. Deberá permanecer allí hasta que se le indique otra cosa.

Me levanté y salí de allí aturdidamente, sin hacer preguntas ni mirar a nadie, dejando el libro abandonado sobre la butaca, con la rapidez con que escapa un animal enjaulado.

Había un gran tumulto en el salón. La totalidad de los pasajeros se encontraba allí. La mayoría evitando lamentaciones y procurando pasar el tiempo lo mejor que podía.

Me senté en el rincón más tranquilo que encontré. A los pocos minutos de paz la tensión acumulada me estalló en un espantoso dolor de cabeza. Me resultaba insoportable, hasta tal punto que ni tan siquiera era capaz de meditar sobre los sucesos ni sobre su posible futuro. En la lejanía vi a Borja. Me observaba con una sonrisa de burla en su expresión altiva que supondría elocuente. Odioso. Era odioso. Pero, en aquel momento, no tenía fuerzas para sentir la emoción en su plenitud. El horrible dolor de cabeza apagaba incluso mi indiscutible deseo de despertar de la pesadilla.

Recosté la cabeza en el sofá y cerré los ojos. Quizá cuando volviese a abrirlos despertaría.

Casi una hora y media más tarde, se elevaba un murmullo de ansiedad y satisfacción entre la concurrencia del salón. El director de crucero, acompañado de los dos agentes que me habían interrogado, había hecho aparición y se dirigía hacia el micrófono.

No podía soportar la tensión. Miraba hacia ellos con los ojos desorbitados. Los latidos que aporreaban mis sienes se multiplicaban, el corazón batía contra mi pecho.

Primero en inglés, después en francés, finalmente en español, el director explicó lacónicamente la situación, traduciendo lo que el jefe de policía, junto a él, iba diciendo. Efectuados los interrogatorios e investigaciones pertinentes, no se había podido concluir que el pasajero desaparecido hubiera sufrido algún daño por parte de otro viajero o tripulante. Por lo tanto, a partir de aquel momento las actividades turísticas continuarían según lo planeado por cada agencia.

No pude evitar emitir un descomunal suspiro de alivio. La sangre pareció circular otra vez por mi cuerpo. Di gracias al cielo una y otra vez.

Luego me dirigí hacia la recepción, excitado, comentando con la gente, como uno sin más arte ni parte que el resto, los acontecimientos.

Encontré allí a Jorge, el amigo de Octavio y Natalia, quien explicaba las curiosas preguntas que les había hecho la policía acerca de las actividades de Octavio en España: trabajo, ideas políticas, participación en grupos o asociaciones de cualquier índole… ¿Cuánto tiempo hacía que le conocían? ¿Podían asegurar que le conocieran bien?

–¿Por qué? –le preguntó otro viajero, uno que no era de nuestro grupo–. ¿A qué venían esas preguntas?

–¿No has visto esas barcas, falucas o como se llamen, que aparecen de noche, se pegan al barco durante horas y van pegando voces y golpes, camarote por camarote, vendiendo ropas y recuerdos? –preguntó Jorge.

–Sí, claro –respondió rápida una de las pasajeras–. Se ponen tan pesados que he dormido con las ventanas cerradas, no fuera a trepar alguno.

–Pues por lo visto algunas son una simple tapadera para la

compra venta de drogas, armas, intercambios de informaciones secretas, recogida de terroristas... Parece que barajan la posibilidad de que Octavio sea un terrorista o narcotraficante o sabe Dios qué, y haya sido recogido por una de esas barcas. Por supuesto, esto es completamente absurdo.

–Y mientras tanto están perdiendo un tiempo precioso –opinó otra turista–. Deberían buscarlo en el río... No sé...

–Exactamente. Tiene toda la razón –convino Jorge.

–¿Cómo está Natalia? –aproveché para preguntar.

–Pues imagínate. Encima de preocupada y falta de descanso ha cogido algo de frío, al haberse pasado media noche en la cubierta con poca ropa.

El guía se nos acercó para informarnos de que a las cinco partiríamos para realizar las excursiones programadas. Al menos podrían salvar el itinerario de la tarde, que era el más apretado del día.

A las horas que eran casi todo el mundo había almorzado lo que había podido. Yo había pedido un sándwich en la cafetería, que era todo lo que me veía capaz de ingerir. Luego fui a descansar y a asearme un poco en mi camarote. A las cinco, en la recepción, hice el recuento de mis alumnos. Comentaban acerca del caso Octavio excitadamente.

Marcos aseguró:

–Se lo tenía ganado, ¿verdad, profe?

Me pareció vislumbrar complicidad en su mirada atenta, picardía en su tono.

–No hay que desearle el mal a nadie, Marcos –le contesté–. Sobre todo cuando apenas le conoces.

Mi percepción debía de ser falsa. Un simple producto del miedo y la culpabilidad.

A excepción de Natalia y su amiga estábamos allí todos los miembros del grupo. Bueno, todos los que no habíamos desaparecido misteriosamente a bordo de una nave en marcha en medio del Nilo.

Me acerqué a Jorge, el amigo de Natalia, que estaba junto a nuestro guía, Hassan, y le pregunté por Natalia.

–Mi hermana no está muy bien y ha preferido quedarse descansando, y Mónica se quedará acompañándola.

–¿Tu hermana? –le preguntó el guía–. En vuestras documentaciones no figuran los mismos apellidos.

–Sí. Natalia es mi hermana. Ella ha invertido legalmente los apellidos para que el materno figure el primero. Le gustaba más y sonaba mejor como nombre profesional.

Aquella revelación me sorprendió mucho más que a Hassan. No lo había sospechado. Aunque, ahora que me fijaba, existía entre ambos hermanos un innegable parecido físico.

Le contemplé con detenimiento.

Dos hermanos obviamente bien avenidos.

Dos hermanos que se querían.

Uno de ellos, víctima de maltrato. El otro, que lo descubre y reacciona violentamente.

–Perdona, Hassan –preguntó una de mis alumnas, interrumpiendo mis reflexiones–, ¿vamos a irnos ya o me da tiempo a ir a buscar una cosa a mi camarote?

¿Qué se le habría olvidado? ¿La chaqueta? ¿Un carrete o una batería extra para la cámara?

–No –la respondió–. Lo siento. Salimos ahora mismo.

Realizamos las tres visitas previstas: el templo de Amada, el Hemispeos de Derr y la tumba de Penut. Aproveché la soledad de Jorge para acercarme a él. Sentía que existía una unión entre nosotros que tal vez él desconocía, pero de la que yo era plenamente consciente. Él se mostró amigable, y hasta agradecido por mi compañía. No quise hacerle preguntas sobre su hermana ni comentarios acerca de Octavio. Eso ya vendría en su momento oportuno.

Borja, cámara en ristre, pegado a su madre y a su hermano como un guardaespaldas, se mantuvo alejado de mí, pero lanzándome constantes miradas para averiguar mi paradero.

Por la noche, me retrasé un poco a la hora de la cena, preguntando en la recepción si había noticias de la policía o cualquier cosa que tuviese que ver con el desaparecido, y escuchando atentamente las especulaciones de todo género de la tripulación. En resumen: nada nuevo.

Natalia, que estaba sentada de cara a la entrada del comedor, me vio cuando llegué y me hizo una seña para que me sentara con ellos tres.

La noté afectada y circunspecta. Muy guapa, sin embargo. Tenía el pelo voluminoso y brillante, como recién lavado, y, probablemente para ocultar la palidez y las ojeras, se había maquillado, cosa que no parecía habitual en ella.

–Siento lo que ha ocurrido –le dije–. No hay que perder la esperanza de que aparezca vuestro amigo.

Ella exhaló un conato de risa a través de la nariz. Me miró y negó con la cabeza tal posibilidad. Luego perdió la vista en el pie de la copa con la que jugueteaban sus manos nerviosas.

Me fijé en que su hermano Jorge le cogía la mano y la miraba con una sonrisa cálida y reconfortante que ella intentó devolverle en vano.

En la mesa reinaba una calma dolorosa.

–La policía se ha quitado pronto la papeleta de encima –me explicó Jorge–. Simplemente lo ha dado por muerto. Accidente o suicidio. Es incluso posible que fuese secuestrado, pero no es turísticamente conveniente dar pábulo a esa posibilidad; es preferible insistir en que se ha caído del barco, tonteando borracho. La verdad es que han barrido el barco, han interrogado a todo el mundo... Y no han encontrado nada; ni a Octavio ni pistas sobre su desaparición. ¿Qué más pueden hacer? La embajada ha prometido avisar a la familia. El seguro ya está informado... No sabemos qué hacer. No existe un cadáver que enseñar a la familia. Ni siquiera hay pruebas de que esté muerto. ¿Deberíamos volver a Madrid, o seguir aquí, tan campantes, con nuestro viaje?

–Quizá haya noticias de la policía y el que estéis aquí pueda ser conveniente –aventuré.

No lo creía, ni tampoco lo deseaba, cuanto más lejos estuviese la policía menos posibilidades habría de que yo resultase inculpado, pero no quería que Natalia se fuese. De todas formas, me creí en la obligación de añadir:

–Estoy a vuestra disposición si necesitáis mi ayuda para lo que sea en cualquier momento. Pasado mañana estaremos en Asuán, puedo ayudaros a sacar el vuelo a Madrid en lugar de a El Cairo, si queréis. Otra posibilidad sería que cogierais mañana el tren hasta Asuán, si no queréis esperar más.

Lo pensarían, me contestaron.

Al cabo de unos minutos, en voz muy baja, mientras observaba pensativa su copa, Natalia comentó:

–De modo que así es como se resuelve un caso de muerte en el Nilo cuando Hercules Poirot no viaja en el barco.

Y dirigió a todos una sonrisa.

Capítulo 5

Desde el cielo era sólo una fina línea algo sinuosa que atravesaba un espacio yermo. Una visión que revelaba como una verdad demoledora que el que la vida se hubiese abierto camino en mitad del desierto era pura intrascendencia, que en nada se hubiese visto afectado el universo si la fe ciega en invenciones de antiguos novelistas no hubiese transformado el paisaje, si las pirámides en cuyo estudio los humanos consumían su efímera existencia nunca hubiesen sido construidas.

Yo era libre. No había sido torturado en una cárcel egipcia. Volaba por fin hacia Madrid.

Llevaba la cabeza pegada a la ventanilla para contemplar la venerada imagen del Nilo hasta el último segundo. Debía grabarme en la retina cuanto ésta alcanzara a ver, hacer acopio de recuerdos de los que nutrirme, porque era improbable que volviese jamás. Egipto, o lo que es lo mismo, el Nilo, no podía estar al alcance de mis ojos y no rendirle admiración, al igual que uno no puede dejar en el andén al gran amor al que no volverá a ver jamás sin observarle hasta que se pierde en la lejanía.

Recordaba que, la vez anterior, una vez alcanzado el Mediterráneo, me había sumergido en la lectura de un libro o algún periódico, pero no esta vez. Tenía tanto que rememorar, tanto sobre lo que meditar...

Había conseguido finalizar un crucero cuyos últimos días se me habían hecho insoportables. Justo desde que Natalia y los suyos tomaran el tren para Asuán, a la mañana siguiente de mi cena con ellos.

—Quería agradecerte el que no contaras a la policía lo de mi pequeña pelea con Octavio —le había dicho por la mañana temprano, en cuanto tuve un momento a solas con ella.

Ella me había sonreído posando con tranquilidad sus ojos imantados sobre los míos. Su rostro expresaba algo más, algún enigma, alguna clase de oscuro secreto.

—Tampoco les conté lo de tu gran pelea —fue su respuesta.

Le clavé la mirada, mudo.

Ella siguió sonriendo, sosteniéndome la turbada mirada. Luego hurgó unos momentos en su bolso, abrió una cartera que encontró allí y sacó una pequeña cartulina blanca que me extendió.

—Mi tarjeta —le dijo—. Llámame cuando vayas a Sevilla. Por favor. Si quieres.

Entonces se aproximó a mí y, tomando mi cabeza entre sus manos, guió mis labios hasta los suyos, fundiéndonos en un largo beso.

Se separó de mí y se despidió.

—Adiós —dijo—. Tienes mi tarjeta.

La tenía. Sí. Guardada como una gran joya cuyos datos ya había grabado en mi teléfono móvil y manuscrito en un papel que atesoraba a buen recaudo en mi maleta, como copia de precaución. La tarjeta la llevaba en mi cartera, cerca de mí, pues de vez en cuando la extraía con dedos cuidadosos y la miraba largamente como si algún nuevo dato fuese a aparecer en ella. Ella la había tocado. Exhalaba su fragancia, la calidez de sus dedos.

Ella.

El mar apareció ante mis ojos, allá abajo. Egipto se había ido. Bajé la ventanilla hasta la mitad, apoyé la cabeza en el respaldo de la butaca y cerré los ojos, permitiendo que mi pantalla mental fuese inmediatamente llenada con la imagen de ella.

El beso. La gran revelación. El mágico momento de complicidad final.

Complicidad. Porque había llegado a la conclusión de que

era posible que Natalia me creyese el asesino de Octavio. Esto implicaba, por un lado que ella no lo era, posibilidad que también había cruzado por mi cabeza, y por otro que no sospechaba de su hermano Jorge, que seguía siendo mi gran apuesta.

Por alguna razón, ella había vuelto a subir a la cubierta, pillándonos enzarzados en la pelea. Sin embargo, luego había desaparecido como un fantasma. ¿En qué momento y por qué razón? La reacción lógica, suponía yo, hubiera sido tratar de detenernos. Pensaba esto puesto que se suponía que ella sentía por Octavio, si no un enloquecido amor, al menos sí un afecto especial. Al fin y al cabo, compartían camarote en un romántico crucero por el Nilo. Sin embargo, se había escabullido sin más. ¿Quizá en el momento en que Octavio parecía ir ganando? También cabía la posibilidad de que cuando ella dejó la cubierta lo hiciese suponiendo que la pelea se saldaría simplemente con un merecido escarmiento para su novio, sin imaginar que el final pudiese ser su muerte. Eso tenía sentido. Pero, visto el inesperado final, ¿por qué no había dicho a la policía una palabra de lo que había visto?

Esto me llevaba a establecer nuevas posibilidades: Una, Natalia se había enamorado locamente de mí, hasta tal punto que no le importaba que hubiese asesinado a su ex novio; Dos, Natalia sabía que yo no era el asesino porque había sido ella misma quien lanzara el cuerpo al agua, o porque había presenciado el crimen o de alguna otra manera averiguado quién lo había cometido.

Descarté, sensatamente, la primera posibilidad, y examiné con atención las otras dos. ¿Natalia hubiera podido cometer físicamente el crimen? Indudablemente sí. Quizá hubiera debido atontar un poco a Octavio con otro golpe en la cabeza. Podía haberlo hecho con una silla, tenía cientos a mano. Luego, elevar el cuerpo inerte le habría costado mucho, él podía atestiguarlo, pero ella no era una mujer frágil o de demasiado poco peso. Era alta, robusta... Con aliciente suficiente podría haberlo logrado. Y si no... quizá alguien la hubiese ayudado... ¿Qué tal su amantísimo hermano Jorge, vengando las afrentas sufridas por su dulce hermana? Esta segunda opción me parecía más probable, puesto que a Natalia le habría bastado con romper con Octavio para perderle de vista.

Una persona tan repulsiva como Octavio debía cosechar enemigos allá donde fuese. Borja, por ejemplo, un chaval chiflado de diecisiete años del que cualquiera en su sano juicio se apartaría kilómetros, y, sin embargo, Octavio había optado por buscarle las cosquillas. Por desgracia, Borja había quedado descartado como culpable. Él y su maldita cámara se habían ido a dormir muy poco después de que yo subiese a la cubierta. Lo supe indagando, sin sutileza, entre viajeros y miembros de la tripulación. Bastantes de ellos le recordaban. No me sorprendió; no podía imaginar a la estricta Amanda permitiendo a su hijo salir de paseo solo a altas horas de la madrugada.

Amanda. Qué lejos quedaba su difusa imagen. No había vuelto a preocuparme por ella, a fijarse en ella, desde la breve conversación con Natalia en Elefantina. Natalia había pasado sobre mi interés por Amanda, sobre mi interés por el resto de mujeres del mundo, como una goma de nata sobre un frágil dibujo a lápiz.

"Llámame cuando estés en Sevilla. Por favor. Si quieres", me había pedido Natalia en un humilde tono de ruego. ¡Si quería, me dijo! ¿Querer? ¡Pero si habría dado años de vida porque ella se hubiese dignado a darme su número, en caso de que yo me hubiera atrevido a suplicárselo!

Al reconocerla en la nave, las más profundas alarmas de mi subconsciente habían disparado todos los mecanismos dirigidos a impedir que me hiciese la menor ilusión de ser querido por ella. ¿Sabría ella lo que eso significaba? ¿El terror que sufre un hombre ante el poder de una mujer para destrozarle, que le lleva a ocultarse a sí mismo el que al instante de conocerla ya había caído enamorado?

Me sentía emocionado, disfrutando de la exaltación que me invadía. Ahora que estaba seguro de haber escapado a la justicia, rememoraba la pelea en el barco, la excitante emoción de hallarme fuera de mí, machacando al otro sin cortapisas, como se merecía. Haciendo algo salvaje, fuera de las cívicas normas humanas pero inherente al instinto de conservación y reproducción de todo macho. Había sido magnífico sentirse un animal libre, envuelto en el permisivo manto de una oscuridad que no cree en consecuencias, observado sólo por miríadas de estrellas, estampando su puño una y otra vez en la carne blanda, en el cráneo frágil de un ser despreciable.

Notaba que sustancias químicas que no sabía nombrar corrían como coches de carreras por las pistas de mi cuerpo. ¿Cuándo antes me había sentido así? Nunca. Todo en torno a Natalia era distinto, mágico. Había llegado a mi vida ofreciéndome, junto al fulgor de su mirada negra, el misterio de un asesinato en el que yo había participado y del cual estuve a punto de ser culpado. Fue angustioso, aterrador, pero a la vez... fue vivir. Sentirse vivo. Vivir en plenitud, experimentando emociones desconocidas, escondidas, calladas, que despertaron estallando como fuegos de artificio y llenando de brillantes chispas de color mi noche oscura.

Abrí los ojos. La mitad de mis alumnos estaba de pie, yendo y viniendo de un asiento a otro. Los dos que estaban a mi lado se besaban como si yo no existiera. Niños pequeños hacían carreras por el pasillo.

Volví a cerrar los ojos, y sonreí.

Durante breves minutos tuve un sueño, tan sólo unas imágenes exentas de argumento: Natalia hablaba, explicaba algo con naturalidad. No se entendía lo que decía, pero yo sabía que no era importante conocerlo. Lo importante era que sabía con certeza absoluta que aquella persona que protagonizaba mi sueño era Natalia, y que, sin embargo, no guardaba el menor parecido con ella.

El chillido insoportablemente agudo de un niño me arrancó del sopor bruscamente. Musité una imprecación, con la falsa imagen de Natalia llenándome de preguntas. ¿Era el mensaje de mi Yo sabio, de mi Yo profundo y subconsciente, que Natalia llevaba una máscara, que debía desconfiar de ella? La idea me repugnó.

Durante los dos siguientes días estuve muy ocupado. Pasé la mayor parte del tiempo en la universidad, pues colaboraba en la organización de un seminario acerca de la presencia visigoda en la Península Ibérica. Nada complicado para mí, ya que era el tercero del mismo tema que organizaba, pero era preciso contactar con los conferenciantes que esperaba pudiesen asistir, y conseguir que los temas quedasen distribuidos entre ellos con coherencia y sin repeticiones. Algo aparentemente sencillo, aunque la experiencia me recordaba que no lo era tanto.

Sin embargo, en cuanto regresé de El Cairo lo primero que había hecho fue correr a releer los libros de Natalia.

La gran obra que le había valido el premio y la fama se titulaba *El error*. Poco después de ésta había publicado un libro de relatos, y, tres años más tarde, una nueva novela, titulada *La obsesión*, que no había alcanzado ni el éxito ni las excelentes críticas de la primera.

Natalia era alegre, divertida, con un puntito de lascivia. Una chica nacida para las juergas nocturnas que, aunque no fumaba, de seguro habría probado pastillas de todos los colores. Se la veía impaciente, hiperactiva, hipersociable. Nadie podría imaginarla concentrada durante horas, durante días, durante meses en un argumento serio de alguna trascendencia. No encajaba en absoluto con mi idea de una intelectual, ni siquiera de una escritora de novelas ligeras medianamente buena. Una novela escrita en un par de semanas, tal vez sí; algo contado a largas pinceladas, sin introspecciones psicológicas, pura acción desarrollada por personajes huecos. Por eso, ahora que la conocía mi impresión fue mucho mayor al releer las primeras líneas, líricas y cadenciosas, de *El error*, su primera novela. Acabado el primer capítulo, levanté la mirada y me pregunté cómo era posible. Cómo era posible que escribiese tan soberbiamente bien, que fuese aquel prodigio narrativo tan cercano a Flaubert. Líneas tan magistrales que podían leerse sin atender a su significado, como se lee la música, que, aun no estando escrita con palabras, llena el alma de sentimientos y emoción. Cómo era posible aquella trama original e hipnótica. Cómo era posible que fuese Natalia, una persona de aspecto, modales y comportamiento que no destacarían en ninguna parte, quien encerrase en su cerebro de vulgar apariencia semejante talento. Cómo era posible que él hubiese tenido la fortuna de conocerla. Cómo era posible que él hubiese tenido la fortuna de interesarla, de llegar a introducirse en su vida.

La veía ahora desde una perspectiva muy diferente. El misterio que era, oculto tras la apariencia de lo común, le fascinaba. En verdad ella era alguien sobresaliente, única, y sabía que la próxima vez que la viese se sentiría tímido e inhibido, como el fiel a los pies de la diosa.

Leí *El error* de un tirón, sin dormir esa noche, y me pasé el resto del día, hasta que pude regresar a casa, deseando emprender la siguiente lectura: su libro de relatos.

Al hacerlo me sentí decepcionado. Se trataba de un conjunto de argumentos cotidianos, costumbristas, correctamente narrados, que acusaban un esfuerzo consciente por mostrar diferentes voces en personalidades dispares que encontré artificial. Se percibía en cada uno de los relatos la voluntad de demostrar una capacidad literaria hábil en múltiples registros, la marcada intención de hacer algo distinto a lo ya hecho, como si hubiese intentado demostrar o demostrarse que era tan capaz de introducirse en el romántico mundo del distinguido embajador protagonista de *El error* como de hablar con la vulgaridad propia de la sórdida prostituta o de la cajera del supermercado, protagonistas de algunos de sus relatos. En definitiva, nada original, nada que cualquier estudiante de filología no hubiese podido escribir de forma idéntica, nada con la personalidad de su autora.

Emprendí por fin la lectura de la segunda novela, *La obsesión*.

No era lo mismo, no. No era lo mismo que *El error*. Eché a faltar la imaginación, la trama original, el desdoblamiento en personajes de intensa complejidad, la capacidad de sumirme en una lectura hipnótica imposible de interrumpir hasta la última línea. *El error* contenía frases de emotiva belleza llenas de sabiduría, ideas capaces de cambiar el curso de una vida. Nadie era igual antes que después de haberla leído. Parecía la obra de un genio en su madurez. En cambio, pese a ser posterior, al menos en cuanto a publicación, *La obsesión* no cambiaría nunca la vida de nadie. Era correcta, pero no ofrecía nada que mejorase el mundo. Las ideas y justificaciones se repetían en ella una y otra vez como si la autora temiese que el público no comprendiese las razones que movían al protagonista, un tipo que actuaba víctima de una locura de amor en un argumento que me recordó *El Túnel*, de Ernesto Sábato, en versión juvenil.

Tal vez *La obsesión* había sido una obra temprana, lo mismo que los relatos, que Natalia había encontrado dificultad en publicar años atrás, pero por los que los editores se habrían peleado después del éxito obtenido por *El error*. No importaba, en cualquier caso, pensé yo, puesto que tras la publicación de *El error* la existencia de Natalia ya había cobrado sentido para la humanidad, aunque ya no volviese a escribir nada más en su vida.

El viernes pasé una noche inquieta, pues había planeado que el sábado sería el día fijado para llamar a Natalia. Cogí el teléfono móvil sobre las once de la mañana, pulsé con reverencia el botoncito hasta encontrar el nombre de Natalia y retuve el aparato en la mano durante casi una hora, con el dedo acariciando el botón verde de marcar sin atreverme a pulsarlo. ¿Y si ella se había arrepentido de pedirme que la llamara? ¿Y si ya no era más que un recuerdo borroso en su memoria? No podría soportar que me recibiese con una contestación desabrida, una que me demostrase que nada significaba para ella. Y, sin embargo, me habría parecido lo más natural. Temía también los incómodos silencios. Una vez que le hubiese preguntado sobre Octavio, ¿de qué íbamos a hablar? Al fin y al cabo, ¿qué tenía yo de interesante que contar a una mujer como Natalia, si mi vida era anodina?... Pero tendría que arriesgarme, improvisar si era preciso, y confiar en que la conversación discurriese con naturalidad. Llevaba ya demasiados días reflexionando sobre lo que le diría, inventando frases ingeniosas y, ante todo, rebuscando entre las escasas actividades de mi vida algo de interés que contarle. Era hora de lanzarse. Mi dedo, aburrido de tantas vacilaciones, pareció cobrar autonomía y pulsó por fin el botón para iniciar la comunicación.

—¿Sí?

La voz, susurrante, deliciosa, había respondido al tercer timbrazo.

—¿Natalia?

—¿Quién eres?

—Soy Alejandro. —Breve pausa. ¿Sonreía ella al oírme o rebuscaba información en su memoria para recordar de qué me conocía?— Nos conocimos en el crucero.

Me llegó una pequeña risita nasal.

—¿Llegaste ayer? —preguntó sencillamente ella.

—No —contesté—. Ya llevo unos días en Madrid, pero estoy ayudando a organizar un seminario de Historia Antigua y no he parado desde que llegué.

Aunque la explicación la ofrecí bajo el disfraz de una disculpa por no haberla llamado antes, pretendía ser, en realidad, escaparate de mi valía.

—Bueno, pues, ¿vienes esta tarde a casa? —me preguntó ella.

Me quedé sorprendido. Había pensado invitarla a cenar. Parecía la vía habitual. También había pensado que intercambiaríamos bastantes más frases antes de concertar una cita, si es que a ella le apetecía verme y eso llegaba a ocurrir.

—No estoy en Sevilla, pero pensaba pasar allí el fin de semana. ¿Te viene bien mañana por la tarde?

—Sí, vale.

—Bueno —contesté, procurando evitar toda emoción en mi voz, pues no parecía existir ninguna en la de ella—. ¿A qué hora te viene bien?

—A partir de las siete. Ya tienes mi dirección, ¿verdad?

—Sí.

—Bueno, pues hasta luego.

Una conversación lacónica y directa, pero, sin embargo, a mí no me había dejado mal gusto sino todo lo contrario. Había sido la charla de dos amigos de confianza, exenta de tópicos y donde las frases para romper el hielo o seguir las pautas sociales se hacen innecesarias. Además, resultaba obvio que ella estaba ocupadísima, al fin y al cabo, era una escritora de renombre internacional, y, así y todo, me dedicaría su tiempo a la tarde siguiente.

¡Y pensar que había pasado días meditando sobre lo que nos diríamos durante la conversación, cómo la iniciaría, qué detalles le contaría, las preguntas que formularía, y había resultado tan breve, tan sencilla, tan original, tan rara, podría decirse!

Pese al romanticismo de que me había permitido embriagarme, el deseo de conocer la verdad sobre Octavio no era un móvil menor en mi afán de ver a Natalia. Se me hacía imposible ahora, tras releer *El error* con mayor atención que nunca, que ella hubiese sido capaz de participar en el crimen. Otro debió cometerlo con un desconocimiento total por su parte. Al menos, eso me hacía pensar la sensibilidad derrochada, los ideales expresados en aquella obra con la que Natalia había ascendido ante mis ojos hasta el más alto escalón de los mortales. ¿Quién, entonces, habría arrojado al inconsciente Octavio hasta el Nilo? ¿Quién y por qué motivo? Me había propuesto resolver el enigma con sutileza. Para ello debería escarbar profundo en la vida de Natalia, y quizá también en la de su hermano. Puede que fuese más sencillo de lo aparente, pues Natalia no parecía una persona que silenciara secretos, pero tal vez a ella misma se le ocultase éste.

Llegué algo pasadas las siete de la tarde, para disimular mi ansiedad. Logré aparcar cerca del portal porque la casa de Natalia estaba situada en una zona tranquila. Un barrio moderno, joven, lleno de piscinas y pistas de paddle.

No me fue preciso llamar al telefonillo pues aproveché que un vecino salía del edificio. Mejor.

Tenía el corazón en la garganta.

Me miré en el espejo del ascensor. Iba guapo. Hacía mucho que no me atusaba para una chica, pero soy un hombre atractivo. Me basta con afeitarme bien, colocarme cuidadosamente algunos mechones de pelo de forma que parezca casual, ponerme una camisa alegre y bien planchada, y echarme una buena colonia. Me había cortado el pelo con un estilo muy moderno al regresar de Egipto, con largos ligeramente desiguales. Algo original que pensaba que a Natalia le gustaría.

Mi sorpresa fue mayúscula cuando la puerta se abrió. Tuve que tragarme las frases que llevaba preparadas y paralicé los brazos que tenía listos para abrazar a Natalia.

Quien me había abierto la puerta era Mónica.

—Hola, qué sorpresa —saludé en indisimulado y monocorde tono de decepción.

Obligados por la costumbre, hicimos chocar las mejillas, a modo de besos.

—Natalia ha bajado a por unas cervezas, subirá ahora. Pasa al salón.

En el salón encontré a Jorge y a siete personas más a quienes no conocía.

De modo que no me había invitado a una cita íntima, sino a una pequeña fiesta, pensé desilusionado. Tal vez si hubiese podido venir ayer... Bueno, al menos tendría oportunidad de hacerme una mejor idea de las circunstancias de la vida de Natalia e investigar un poco entre los presentes. Quizá viese alguna luz con respecto a la desaparición de Octavio.

Saludé a todos muy cordialmente y acabé en un aparte hablando con el hermano de Natalia.

—¿Habéis sabido algo nuevo de lo de Octavio? —le pregunté.

—A nivel policial nada. Sólo que su familia está destrozada. Van a celebrar una misa, convencidos de su muerte. Pero tiene que ser horrible para ellos. Sin siquiera un cadáver que se lo demuestre...

—La verdad es que sí. Es espantoso, pobre gente. Y ¿Natalia cómo lo lleva?

—Bien, bien. Su relación con Octavio no era muy perfecta,

pero, bueno, que tu pareja desaparezca así, de la noche a la mañana, perturba a cualquiera. Pero ella es una persona muy ocupada. Nada más llegar la esperaban mil llamadas y entrevistas. Se ha enfrascado en su trabajo y eso la ha ayudado a olvidarse.

Cuando Jorge se disculpó para atender a otro de los invitados, conversé yo con otro llamado Javier.

—¿Hace mucho que conoces a Natalia?

—Oh, sí, sí, mucho —me contestó. Miró al cielo pensativo y añadió—: Unos diez años. Yo era amigo de Jorge ya en el colegio.

Tenía la cara sonrosada, unas gafitas redondas y una sonrisa natural y bondadosa que me agradaba mucho.

—Dice Jorge que Natalia sobrelleva bien lo de su novio, pero a veces a la familia se le ocultan cosas para que no se preocupe. ¿Tú qué opinas? ¿Crees que Natalia está bien?

Javier levantó un hombro e hizo una mueca.

—Espero que sí y que le olvide cuanto antes. Tú no le conociste mucho, pero la verdad es que a Natalia no le pegaba mucho Octavio —opinó con sinceridad.

—Estoy completamente de acuerdo —respondí de la misma forma—. Como tú dices, quizá no tuve tiempo de llegar a conocer las escondidas virtudes que seguramente tendría, pero vi la forma en que trataba a Natalia y no me gustó. Creo que no era una buena persona.

—¿A qué te refieres con la forma en que la trataba?

—A veces parecía que pretendiera humillarla en público, la trataba sin respeto, nunca le vi tener un detalle de cariño con ella...

—Sí. Eso responde a su forma de ser. Ah, mira. Oigo la puerta. Es Natalia que ya vuelve.

Se me aceleró el pulso y el corazón pegó un salto hasta atascarme la garganta.

Natalia entró a la cocina. La oí hablar con otras personas; al parecer no había salido sola. También escuché el sonido de botellas y bolsas de plástico de las que extraían la compra. Me pareció mejor esperar donde estaba.

Natalia entró al salón sonriendo ampliamente mientras contaba a viva voz una aventurita que les había ocurrido con el vendedor de la tienda, un tímido joven al que habían tratado de convencer para que subiera a la casa en cuanto acabara de trabajar.

—Estaba buenísimo —repetía Natalia feliz.

"La alegría de la fiesta", pensé yo.

Y, Natalia, por fin, me vio. Lanzó un chillido de alegría y me abrió sus brazos, acercándose corriendo a mi encuentro.

—Me alegra mucho verte —me dijo, apretándome fuertemente.

"Y yo que me había preocupado pensando cómo romperíamos el hielo en nuestro primer encuentro. Con esta chica nada es previsible, nada es como uno se imagina. Y, sin embargo, lo hace todo sencillo, natural...", pensé, sintiéndome feliz y devolviéndole el abrazo y los besos con la misma pasión.

Después se separó de mí para regresar a la cocina y ayudar a las personas que la habían acompañado a la compra a preparar sándwiches y aperitivos con los que volvió unos minutos después.

La reunión me resultó agradable. El ambiente era sano y alegre pues los amigos de Natalia formaban un heterogéneo grupo de personas sociables y extrovertidas, ávido de contar sus divertidas anécdotas y desventuras familiares.

Los primeros comenzaron a irse pasadas las diez de la noche, y desde entonces se produjo un goteo hasta las doce, hora en que Jorge se puso en pie anunciando su marcha, a la que se unieron los tres amigos que aún quedaban. Contra mis deseos, me levanté también, para irme con ellos. Natalia los despidió uno a uno, y, al llegar a mí, que me había hecho el remolón para quedarme el último, me dijo:

—¿No vas a quedarte un rato más?

Noté que ciertos órganos prorrumpían en un alborotado gozo que yo no me iba a permitir expresar.

Como si me diera lo mismo irme que quedarme, encogiendo los hombros, contesté:

–Bueno, vale.

Por fin nos quedamos a solas.

Nada más cerrar la puerta de la calle, Natalia se plantó frente a mí, me echó las manos por detrás del cuello y me besó.

Y yo le devolví un beso apasionado.

–Tengo un colchón de látex –me susurró ella al oído, mientras me hacía quitar el jersey–, ¿quieres probarlo?

Lanzando el jersey al suelo y desabrochando la blusa de ella, le respondí:

–Sí, por favor, me encantaría…

Capítulo 6

Durante las dos semanas siguientes nos llamamos a menudo, sin embargo, no tuve menor ocasión de establecer una conversación mínimamente seria con ella. Natalia tenía unos días muy ocupados pues era jurado en dos concursos simultáneos y tenía decenas de libros que hojear. Cuando yo iba a su casa, me ofrecía una cena sencilla muy regada con vino durante la que tenía lugar un diálogo erótico y pasaba en seguida a desnudarme. Así pues, pese a mis intentos, no había podido sonsacarle una palabra que me aportase la menor luz sobre el final de Octavio. No me quejaba, no obstante, pues Natalia me aportaba el olvidado y necesario fuego para mantener a toda máquina mi vida. Porque, sí, la emoción que me abrasaba me hacía sentirse vivo. Parecía que de pronto me hubiese sido concedida la mayor de las gracias.

"Esto podría apagarse –pensaba líricamente–, y, si lo hace, me convertiré para siempre en una estatua de hielo que ningún otro fuego logrará derretir."

La mañana de un lunes que me había tomado libre nos despertó el timbre del telefonillo. Natalia gruñó, perezosa, de modo que fui yo quien se levantó y se acercó al telefonillo a preguntar quién era.

–Un mensajero –le anuncié, al regresar al dormitorio–. Te traen un paquete.

–Cógelo tú –rezongó ella con voz adormilada, arrellanando su cabeza aún más cómodamente en la almohada.

Me vestí rápidamente y abrí la puerta en cuanto llamó el mensajero. El paquete iba envuelto en papel de embalar y pesaría medio kilo. Firmé el recibo, despedí al mensajero y fui a llevárselo a Natalia.

–¿Quieres ver lo que es? –le pregunté–. No tiene pinta de regalo.

–Ábrelo tú –contestó ella, con la voz apagada por la almohada.

Arranqué el grueso papel marrón y vi que contenía una caja blanca rectangular del largo de un folio y unos diez centímetros de alto.

–Una caja –desvelé–. ¿Qué será, será...?

A Natalia no parecía intrigarle mucho o tenía demasiado sueño, de modo que levanté la tapa de la caja y descubrí el contenido.

Una sonrisa iluminó mi rostro.

–¡Vaya, Natalia! –exclamé, viendo lo que tenía aspecto de ser un manuscrito, encuadernado con canutillo y tapas transparentes–. ¡Si resulta que vas a publicar otro libro! *La aurora y el crepúsculo* –leí–, por Natalia Asensi.

Natalia abrió los ojos y se incorporó somnolienta diciendo:

–¿Qué dices? No. No puede ser. Tiene que ser un error.

–Pues míralo tú misma.

Sostuve el libro ante sus ojos.

–Déjamelo ver.

Lo puse en sus manos.

–No puede ser –repitió ella moviendo la cabeza.

Yo iba a contestarle algo cuando sonó mi teléfono móvil. Atendí la llamada.

Natalia, entretanto, se levantó de la cama y se dirigió al salón con el libro.

Intrigado por su actitud, fui breve con mi llamada, y, en cuanto la pude cortar, me dirigí a donde ella estaba y dije:

–Natalia, tengo que irme pitando, me han adelantado la reunión. –Ella no me escuchaba, y viendo que estaba absorta y con aspecto preocupado, me acerqué y le pregunté–: ¿Qué te pasa? ¿Por qué te has puesto así? ¿No será que alguna editorial te ha devuelto ese libro porque no quiere publicarlo?

–No, no. No te preocupes. Vete ya. No llegues tarde. Hablaremos después.

No quería irme dejándola así y sin conocer la razón de su disgusto, pero debía estar inexcusablemente en la universidad por la tarde, de modo que no me quedó otro remedio.

Transcurrió la reunión sin que me enterase de casi nada de lo que se hablaba. Sólo podía pensar en Natalia y en la razón de su comportamiento, y, en cuanto me fue posible, durante un descanso, saqué el teléfono y la llamé. Pero Natalia tenía apagado el teléfono móvil y no cogía el de casa.

"Qué raro", me extrañé.

Insistí en las horas siguientes sin que la situación hubiese cambiado, de modo que el martes por la tarde me presenté en su casa.

Natalia no estaba. Di vueltas por la calle haciendo tiempo a ver si regresaba, pero fue inútil. Tuve que marcharme a mi propia casa, desde la que volví a llamarla sin llegar a obtener respuesta.

A la mañana siguiente, miré ansioso la pantalla de mi teléfono por si hubiese recibido algún mensaje sin que la melodía me hubiera despertado. No había ninguno. La llamé yo, esperanzado. Nada. Sin respuesta. Como tragada por la tierra.

Pasé así el día entero, intentando dar con ella sin conseguirlo, más nervioso cada vez, temiendo que la hubiese ocurrido algo. ¿Y si estaba en la casa, accidentada, inconsciente, herida o enferma?

Al volver a casa anduve dando vueltas de una habitación a otra durante casi una hora. La distancia hasta su casa era enorme. Debía de haber algo más inteligente que pudiese hacer. Ya había pensado en llamar a Jorge, pero no tenía su teléfono. ¿Tendría la suerte de que figurase en la guía? Corrí a la mesa del teléfono y saqué una de las guías que guardaba debajo. Por suerte, conocía el nombre completo de Jorge: Jorge Velasco Asensi. Los mismos apellidos de Natalia pero invertidos, según el capricho de ella. Lo busqué ansiosamente. ¡Sí! ¡Allí estaba! Corrí a coger el teléfono tan nerviosamente que el auricular se me resbaló de las manos. Marqué el número. Dio la señal normalmente.

—¿Diga?

—¿Jorge?

—¿Sí?

—Soy yo, Alejandro, vuestro amigo del crucero.

—¡Ah! ¡Hola! ¿Qué tal, Alejandro?

—Yo estoy bien, pero bastante preocupado por Natalia, por eso te llamo. Llevo llamándola desde ayer por la mañana y no consigo hablar con ella. Tiene el móvil desconectado y el de casa no lo coge. Cuando la vi por última vez estaba algo triste y preocupada, pero no tuve tiempo de que me explicará porqué. He buscado tu número en la guía por si tú sabes algo de ella.

—Ya. Bueno, no te preocupes. Está sana y salva, sólo que a veces le gusta desaparecer y estar sola. Es sólo eso.

Silencio.

—Pero... No debe de estar muy bien cuando ni siquiera tiene conectado el teléfono. Entendería que seleccionase las llamadas y no contestara las que no le apeteciera, pero no querer hablar con nadie... conmigo...

—No te lo tomes a mal. Natalia lleva una vida desquiciada desde que es tan famosa. Si dejara el teléfono encendido no pararía de sonarle y acabaría contestando llamadas que no quiere.

—Sí. Claro... Pero necesito hablar con tu hermana, Jorge. Necesito saber qué le pasa. Sé que algo la trastornó. Y la clave parece que es un libro que recibió por correo ayer por la mañana. ¿Era un rechazo de una de sus novelas? ¿Es eso?

Silencio.

—Exactamente. Sí, eso es. Natalia es muy sensible y sus últimos libros no han sido tan bien acogidos como el primero. Teme que su habilidad con *El error* fuese pura casualidad. Creo que piensa que en realidad no tiene talento, que nunca podrá repetir el éxito.

—Entiendo. Es lo que supuse. Supongo que habrá otras editoriales a las que pueda recurrir, o tal vez alguien pueda ayudarla a mejorar el libro. Tal vez algún amigo escritor.

—Natalia no tiene un solo amigo escritor, dice que es un mundo donde impera la envidia, tan competitivo como una multinacional.

—Bueno, no sé mucho sobre ambientes literarios, lo que sí sé es que no es momento para dejar a tu hermana sola. Hay que hablar con ella y ayudarla a buscar una solución para que pueda publicar o mejorar lo que tenga que mejorar. Yo he leído *El error*, y estoy seguro de que un talento como el suyo no puede agotarse, sino que mejora con la edad. Puede que haya intentado escribir en un momento en el que no tenía nada que decir. Hay que hacérselo ver. Por favor, dime dónde está. Puedo ayudarla. Aunque sólo sea brindándole compañía y cariño. Porque, en su casa no está, ¿verdad?

—De verdad que me gustaría poder decirte dónde está, Alejandro, pero ella no me ha dado permiso para informar a nadie.

—¿No podrías llamarla a dónde quiera que esté y preguntarle si puedo ir a verla? Por favor. Tu hermana es muy importante para mí. Sólo quiero estar con ella si atraviesa un mal momento.

Tardé unos segundos en escuchar la respuesta.

—Está bien. Se lo preguntaré. Pero te advierto que no está en Sevilla.

—No importa. Me apañaré para desplazarme hasta donde esté.

—Te llamaré en un rato con la respuesta.

Colgamos el teléfono y me quedé mordiéndome los labios. Pobre Natalia, ¿cómo era posible que esos estúpidos hubiesen rechazado una novela suya? Debía de ser un golpe para una persona acostumbrada al triunfo. Con lo encantadora que era, con lo adorable que era... ¡Serían hijos de puta!

Jorge no tardó en llamarme con una buena noticia: Natalia le había dado permiso para decirme su dirección. Me apresuré a tomar nota. Natalia estaba en la playa de San Lorenzo, Gijón, en una casita de la familia.

Le di mil veces las gracias a Jorge. Le dije que a la tarde siguiente iría para allá directamente desde la universidad.

Y así lo hice.

Llegué algo entrada la noche a una casita graciosa, como de cuento, cuyo pequeño jardín se adornaba con alegres orquídeas.

Llamé al timbre y la puerta se abrió en menos de un minuto.

Natalia se echó a mis brazos y me besó.

—Ya ha llegado mi caballero a proteger a su dama —me dijo.

Aprecié que, pese al recibimiento, se hallaba muy triste y circunspecta.

Me acompañó a la habitación que compartiríamos para que pudiese dejar allí las escasas pertenencias que traía conmigo.

—¿Te importa si me doy una ducha rápida? —pregunté.

—Claro que no. Jorge me llamó esta tarde para decirme que venías, pero ya no me ha dado tiempo a comprar nada especial para cenar. Ahora iba a ponerme un bocadillo, ¿te preparo otro?

Le dije que sí, y, cuando acabé de ducharme, me puse un pijama y bajé al saloncito, donde ella me esperaba con los bocadillos y un par de cervezas.

Tenía en mente iniciar mi discurso en cuanto tuviésemos un momento de relajada intimidad, y, tan pronto acabamos de cenar, encontré la ocasión oportuna.

—Jorge me ha confirmado que el libro que recibiste te lo devolvía una editorial que no aceptó publicarlo —le dije—. No quiero dármelas de entendido, Natalia, ni ser iluso e intentar crearte falsas esperanzas. No sé si ya habrás agotado las posibilidades, por tu estado diría que sí. Quizá los motivos de que no quieran publicarlo no tengan que ver con su calidad literaria, o puede que tu libro sea tan malo que sólo quepa tirarlo a la basura, pero, aun así, ¿y qué? Eres tan joven, y ya has escrito una obra maestra. Te quedan muchos años por delante. Todavía te falta mucho tiempo para alcanzar la madurez, que dicen que es la mejor época para un escritor. Puede que debas dejar pasar un tiempo olvidándote de escribir hasta que encuentres algo tan original y fantástico como lo que ya has escrito, y, en el momento menos esperado, estoy seguro de que una idea maravillosa te acudirá al cerebro.

A Natalia le rodaban las lágrimas por las mejillas.

—No lo entiendes —susurró con irritada firmeza. Había en su voz un leve deje acusatorio.

—Seguramente no —contesté—. Supongo que no puedo llegar a hacerme una idea de lo que supone pasar meses o años trabajando en algo duramente y con ilusión para no obtener la menor recompensa. Pero sí puedo darte un buen consejo que sirve para cualquier actividad de la vida: si te ha salido mal, si has agotado todas las opciones, olvídate de ello y sigue adelante concentrando tu ilusión en un nuevo proyecto.

Natalia levantó la cabeza para mirarme. Las lágrimas surcaban sus mejillas, pero en su expresión había algo que no era solamente dolor, sino también rabia, temor y desconcierto. Entonces, sin alterarse, en el mismo tono susurrante que empleara antes, preguntó:

—¿Mataste tú a Octavio?

El cambio de tema fue tan brusco que yo, sumergido en la emoción del momento, me sobresalté. Negué en seguida con la cabeza, y, al cabo de unos momentos pude responder:

—No. Yo no lo hice. Llegué a pensar que podías haber sido tú.

Un gracioso frunce atravesó fugazmente la frente de ella y se rió débilmente.

—¿Y a pesar de eso estás aquí?

—Bueno, ya no lo creo. Ya no creo que tú lo hicieras.

La faz de ella se oscureció.

—¿Y si te dijera que sí lo hice?

Yo sacudí la cabeza, fruncí los labios y encogí los hombros.

—No te creería. Tu móvil no era lo bastante fuerte. Octavio era un cerdo, pero para librarte de él no era preciso matarle.

—Claro que era preciso. Existe ese móvil que buscas. Un secreto que desconoces. Cuando te lo haya contado quedarás convencido de que yo maté a Octavio. ¿Qué harás entonces?

La escruté con todos mis sentidos agudizados al máximo.

No bromeaba. No parecía mentir. ¿Es que era posible, después de todo, que hubiese sido ella?...

–¿Qué haré? ¿Es eso lo que quieres saber? ¿Si saldré de aquí corriendo espantado, directo a la policía?

–No. Sé que no te escandalizarás. Sé que tú puedes matar. Lo que quiero saber es si tu percepción de mí cambiaría.

Agobiado, dejé que brotara una carcajada.

–Así que yo puedo matar. Vaya.

–¿Me dejarías? –insistió ella.

Comenzaba a sentirme aturdido. La opresión de la atmósfera crecía en la sala.

–Cuando creía que tú podías ser culpable –la confesé–, hubiera dado años de vida por un beso tuyo.

No es que me gustara desnudarme, y la charla romántica me daba vergüenza, pero, puesto que estaba allí para intentar levantarle el ánimo a Natalia y la conversación empezaba a tornarse demasiado oscura, como si todos los fantasmas del cerebro de ella aprovechasen la ocasión para hacerle daño, ¿qué mejor momento?

–Eso no significa nada –respondió ella fríamente–, es la atracción del peligro. El juego de la muerte. Sólo viene a indicar que eres masoquista y que nada te ata demasiado a la vida.

–Está bien. Entonces tendrás que contentarte con un lacónico "No, no te dejaría", porque sólo se me ocurren explicaciones cursis para justificarlo.

–Tú te peleaste con Octavio. Y crees que pudo ser en parte por mí, pero principalmente fue vuestro orgullo de machos lo que os llevó a luchar. Nada racional en absoluto. Tan sólo dos lobos salvajes despedazándose bajo la luna. Yo sólo era una excusa. Leíste El error y te obsesionaste conmigo. Crees estar enamorado, pero ni tan siquiera me conoces. –Me miraba atenta, estudiosamente. Sacudió la cabeza–. No. No puedo confiar en ti.

–Estás equivocada. Tú fuiste la única razón de mis peleas con Octavio. Ni tan siquiera me habría fijado en él jamás si no le hubiese visto pegarte. Y sí, leer El error me hizo quererte, pero, ¿qué tiene eso de malo? Es lógico, puesto que me permitió conocerte en profundidad.

—¡Cállate ya! —gritó Natalia, poniéndose en pie.

La miré confundido mientras ella caminaba hacia la ventana. Se quedó allí largo rato, en silencio los dos, reflexionando ambos. Bailaban preguntas sin fácil respuesta en mi cerebro, arremolinándose mientras trataban de cobrar forma.

Entonces, ella se dio la vuelta repentinamente y, en voz alta y clara, preguntó:

—¿Quieres leer mi nueva novela?

Yo la miré con sorpresa.

—Sí. Por supuesto que sí —contesté en seguida.

Ella desapareció rápidamente escaleras arriba. Regresó dos minutos después con un grueso original que me tendió. Lo cogí, reconociéndolo como el mismo que había llegado en el paquete.

Bajo la portada de plástico transparente, en letras muy grandes podía leerse: *La aurora y el crepúsculo, por Natalia Asensi.*

—El título es precioso —opiné.

—Léelo lo más rápido que puedas. Serás el único que lo haga. Mañana por la mañana lo arrojaré a la chimenea. Empieza ahora, ¿de acuerdo? Voy a ir a acostarme. Buenas noches.

Dio media vuelta y, antes de que yo tuviera tiempo de decir nada, de nuevo, con paso ágil, se perdió escaleras arriba.

Me quedé a solas con el libro encuadernado. Ciento ochenta y siete páginas mecanografiadas a un espacio.

Para poder devolvérselo por la mañana, si era tan malo como se suponía, tendría que saltarme páginas, o no podría dormir ni siquiera una hora. Sin embargo, no quería saltarme nada. Era el libro de Natalia, su obra, quería leerlo entero, con reverencia, estudiando ideas y frases que me permitiesen ahondar en la personalidad de ella.

Empecé a leerlo con prevención. Era de esperar que fuese menos ameno que *La obsesión*, o, de otra forma, hubiese encontrado editor. Pero leí la primera línea, y después, veloz, completó el primer párrafo, y acabada la primera página, de mi mente había desaparecido el mundo real.

Y leí, leí y leí, sin poder despegar los ojos del libro hasta que, algo pasadas las seis de la mañana, una lágrima caía sobre la última línea de la historia más bella y emotiva que hubiese leído jamás.

Aún no había amanecido, y encontré a Natalia profundamente dormida en la habitación, sumida en la oscuridad. Las gruesas cortinas estaban echadas pero, entre ellas, y por las rendijas de la antigua persiana de madera, casi completamente bajada, lograban penetrar unos haces de luz amarillenta de las farolas del exterior.

Natalia se despertó sobresaltada y se volvió hacia la puerta. En el umbral distinguió una figura. Nerviosa, tanteó en busca de la perilla y encendió su lámpara de noche. Ante ella apareció la imagen fantasmal de un Alejandro cetrino y agotado cuyos ojos enrojecidos la contemplaban estupefactos y admirados, perdidos en el misterio que ella significaba.

—¿Qué coño haces ahí plantado? —me increpó—. Me has dado un susto de muerte. Pareces un fantasma siniestro.

—He acabado tu libro —susurré débilmente.

—Hum. —Ella se puso a la defensiva. Me escrutó—. Y supongo que ahora piensas que soy un genio y me adoras mucho más.

Estaba irritada, asustada. Yo cada vez la comprendía menos. No podía dejar de mirarla.

—Así es —me limité a responder.

Me observaba beligerante. Pensaba que no iba a contestarme, sin embargo, yo necesitaba respuestas, y le exigí:

—Dime qué está pasando aquí.

Hice un esfuerzo para elevar la voz, para mostrarme firme en mi demanda.

—¿Qué crees tú que está pasando? —preguntó ella, modulando suavemente la voz llena de desafío.

Tenía el ceño fruncido y la tenue luz de la mesilla la hacía aparecer huesuda y cadavérica.

—Creo que nunca enviaste esa obra a ninguna editorial. Eso

es lo que creo. Y lo creo porque, aunque no sea un experto sino sólo un modesto lector sin conocimientos especiales, sé que podría poner mi mano en el fuego al afirmar que cualquier editorial, grande, mediana o pequeña habría dado gracias al cielo de recibir un original como ése, y aún muchas más si provenía de una escritora ya famosa. Tú lo sabes muy bien. Por lo tanto, no creo que tu depresión se haya podido deber al rechazo de una sola editorial, que habría podido ser producto de envidias, odios, quiebra o circunstancias particulares, y no me cabe duda de que si la ofreciste a más de una, lo cual parece lógico antes de darlo todo por perdido como parece que tú has hecho, habría habido hostias entre ellas para quedársela. De modo que necesito una explicación.

—Déjame en paz, por favor —me rogó ella en un lamento, cubriéndose el rostro con las manos. Sufría, y yo no sabía por qué. Luego, encarándose conmigo, repitió en un grito—. ¡Déjame en paz!

Me dirigí a la ventana, corrí las cortinas y subí las persianas. La habitación se inundó de una luz blanca. Comenzaba a amanecer.

—¡Cierra eso, hijo de puta, joder! —gritó Natalia, escondiéndose bajo las sábanas.

Fui hasta la cama y, de un tirón, arranqué la ropa que la cubría.

—No tengo porqué contarte nada —me espetó, incorporándose y mirándome con furia—. ¡Mi vida no es asunto tuyo!

La observé desde los pies de la cama.

—Tú me trajiste a tu vida —dije con voz tranquila—. Fuiste tú quien me buscó en el Nilo, tú quien me besó y tú quien me llevó a tu cama. Has escrito el argumento desde el principio, contando con un protagonista pasmado cuyos pasos has dictado sin que ni una vez escapase a tus órdenes. —Mi voz se elevó según hablaba, se hacía irritada—. Pero, lo siento, he huido de la página y ahora tengo vida propia. Y he llegado a la conclusión de que, te guste o no, nuestra breve pero intensa historia me atribuye derechos, ¡y te juro que ninguno de los dos va a salir de aquí sin que me expliques lo que te pasa! –Ella me miraba fijamente, la expresión dura pero cansada, entristecida–. Tú me importas –susurré entonces yo relajando mi rostro–. Te quiero.

Ella suspiró fuertemente. Me estudió unos momentos, pensativa. Luego ordenó:

–Muy bien. Baja a la cocina. Prepárame unos huevos con beicon y café. Ahora voy yo. Veremos si después de lo que voy a contarte aún sigues sosteniendo que me quieres.

Capítulo 7

–Se me han espachurrado, lo siento –le dije, poniendo el plato de huevos sobre la mesa de la cocina.

–No importa –me disculpó ella, mientras tomaba asiento.

Se había vestido completamente, con la ropa que llevaba la noche anterior: una falda corta de cuadros escoceses y un jersey de lana negro con escote de pico. Pero primero se había duchado, advertí, pues tenía el pelo muy húmedo.

Me acomodé yo también en la mesa, con un plato de tostadas.

–No encontré mermelada –comenté.

–No. No hay. No esperaba invitados. Únicamente hay unas pocas cosas que compré para mí. Huevos y beicon, porque es lo que me gusta desayunar, y lechuga, unos filetes y espaguetis. Poca cosa más. Con eso me apaño casi toda la semana.

–Es igual, mojaré las tostadas en el café.

Comimos en silencio varios minutos. Yo, lleno de impaciencia, pero refrenándola como podía esperando a que Natalia reuniese fuerzas para comenzar.

–Puedes empezar cuando quieras –dije, cuando no pude más.

Ella había terminado su plato de huevos con beicon y se limpió la boca pausadamente con la servilleta de papel. Luego bebió un sorbo de café. Parecía darse tiempo para pensar cómo iniciar su historia. ¿O acaso estaría perfeccionando los detalles de un argumento inventado?

–Es maravilloso el libro que leíste anoche –habló ella al

fin–, ¿verdad?

–Sí, maravilloso.

–Pero yo no soy su autora –dijo, clavándome la mirada. Se rió con ironía–. ¿Cómo podría escribir algo así?

Sentí una súbita frialdad en el cuerpo, una tensión muscular. Natalia no seguía hablando, tampoco me miraba. Hice un esfuerzo para preguntar:

–¿Qué quieres decir? Lleva tu nombre. Figuras en la portada como la autora. Además, yo lo he leído, el estilo es inconfundible, tan parecido al de *El error*...

–No sé quién es su autor o su autora, Alejandro –le interrumpió ella alzando el tono de voz–. Me llegó anónimamente, con mi nombre escrito en la portada, bajo el título de una historia que yo jamás escribí.

Yo había enmudecido, no se me ocurría un comentario o una respuesta al enigma.

–Pero ¿no tienes ni idea de quién puede habértelo enviado?

–No, absolutamente ninguna idea.

–Es extraño. Muy extraño, sí. Pero... ¿Por qué huiste así, por qué ese disgusto y esa depresión?

–Tú lo sabes, Alejandro. Has estado a punto de decirlo hace sólo un segundo. De hecho, creo que puede decirse que ya lo has dicho.

Negué lo que decía.

–No te entiendo –declaré, inmerso en la confusión–. ¿A qué te refieres? ¿Qué he dicho yo?

–"*El estilo es inconfundible, tan parecido al de "El error""*". Eso has dicho.

–¿Y?

Natalia se limitó a contemplar abatida mi expresión anonadada. Bajó la cabeza.

–Dime –insistí–. ¿Qué quieres decir? ¿Acaso que *El error* tampoco es tuyo? ¿Es eso?

Avergonzada, Natalia tenía la mirada fija en la servilleta con la que jugaba.

–Sí –murmuró–, eso es.

–Pero, ¿cómo llegó hasta tus manos? ¿Quién lo escribió? –las preguntas se agolpaban en mis labios y volaban ávidas de contestación–. ¿Y cómo es posible que lo publicaras bajo tu nombre? No es posible que publicaras con tu propio nombre un libro llegado anónimamente por correo...

Ella alzó la mano para interrumpirme.

–No. No. Claro que no. Por supuesto que conozco a su autora.

–Entonces, ¿no será ella misma quién te envió este nuevo libro? ¿No es eso posible?

–No –Natalia meneó la cabeza largo rato, triste y pensativa. Susurrante, explicó–: Ella murió hace muchos años. Era mi abuela. Fue mi abuela quien escribió ese libro. Mi abuela, la madre de mi madre, es la verdadera autora de *El error*. Su manuscrito llegó a mis manos siendo yo muy pequeña, pocos días antes de que ella falleciera. Cuando fui mayor pude constatar que nadie había sabido nunca de su existencia. Ni a su muerte ni posteriormente lo reclamó nadie, ni se hizo ningún tipo de comentario sobre ése u otros posibles escritos suyos. Supongo que porque no eran pedazos de pastel lo bastante suculentos. Quiero decir que mis abuelos, que habían fallecido con sólo unas semanas de diferencia, habían dejado una pequeña fortuna a los herederos, y cualquier miembro de mi familia hubiera podido describir pieza a pieza el contenido del joyero de mi abuela sin olvidar ni la más insignificante de las sortijas. Pero un manuscrito sin valor... ¿Eso a quien iba a interesarle? Eso era sólo una herencia sentimental que nadie iba a reclamar ni a preocuparse por ella, aun sabiendo de su existencia.

»Por eso, ya antes de los dieciocho años comenzó a pasárseme por la cabeza la idea de publicarlo como si fuera obra mía. Me gustaba escribir desde la adolescencia. Era de dominio público entre mi familia y amistades, puesto que había participado muchas veces en la revista del colegio y ganado algunos concursos de redacción. El trato de mi madre con mis abuelos había sido lejano. Frío como el hielo con mi abuelo, un hombre adusto y distante que sólo se interesaba por acrecentar su poder, y no mucho más cercano con mi abuela, que vivía a su sombra y manipulada por él. De modo que encontré necesario indagar durante mucho tiempo y entre muchas personas, aparte de mis padres, antes de estar segura de que no quedaba nadie en el mundo capaz de reconocer la historia. Entonces investigué a fondo entre mis familiares, pregunté a cualquiera que la hubiese conocido de cerca. Mi abuela tuvo una vida social muy compleja debido a que mi abuelo fue un alto cargo militar durante el régimen franquista. Era necesario asegurarme de que nadie en el mundo conocía la existencia del manuscrito. Hacía preguntas sencillas y disimuladas a todo el que la había tratado, por ejemplo, "¿De quién crees que habré heredado la afición por escribir? ¿De la abuela Lucía? ¿No? ¿Ella no tenía afición por las artes? ¿Pintaba? ¿Escribía?" Así pude asegurarme de que nadie estaba al tanto de que mi abuela hubiese llegado a acabar nunca una obra de esa envergadura, ni siquiera sus hijos.

−¿Cómo llegó a tus manos el manuscrito?

−Mi hermano y yo habíamos ido a pasar unos días a casa de mis abuelos. Una casa, por cierto, no muy lejos de ésta, en esta misma playa de San Lorenzo. Era verano y mis abuelos pasaban aquí sus vacaciones. Eso nunca había ocurrido antes. Como te he dicho, la relación de mis padres con mis abuelos maternos era casi inexistente, y yo me alegraba de haber visto pocas veces en mi vida la cara agria de mi déspota abuelo. Tenía una estatura y corpulencia que a mi edad, unos cinco años, me parecía la de un ogro de cuento, un corpachón imponente y una expresión antipática que, no importaba la ropa que vistiese, le daba siempre el aire de un teniente coronel uniformado en pleno ataque militar. Hablaba como si gritara órdenes, con un vozarrón con el que asustaba dijese lo que dijese, y eso, el dar miedo más que causar respeto, parecía ser su objetivo.

»La razón de que mi madre se viese obligada a enviarnos a su casa fue su embarazo de mi hermano Antonio, al que todavía no conoces. Somos tres hermanos. Los médicos la habían avisado de que el parto sería difícil, y para evitar complicaciones tendría que ingresar en la clínica unos días antes de la fecha prevista y probablemente también permanecer unos días más de lo normal después de nacido el niño. No podía contar con la ayuda de los abuelos paternos, ya que sólo vivía mi abuelo Alfonso, viudo y con un montón de dolores reumáticos, artríticos y qué sé yo, así que no le quedó más remedio que pedirles el favor a sus padres. A su padre, mejor dicho, porque sabía que con su madre podía contar, que estaría feliz de cuidar de sus nietos.

»Mi abuela Lucía era tierna y cálida, me contaba cuentos, me recitaba poemas y me canturreaba para que durmiese. Yo estaba muy a gusto con ella, pese al poco contacto que hasta entonces habíamos mantenido. Pero, cuando aparecía mi abuelo con su espalda erguida y la elevada barbilla que jamás inclinaba, el cielo se cubría de espesas nubes oscuras y empezaba a llover y a tronar una horrible tormenta. Le recuerdo como al demonio, y, por su causa, nuestra estancia de aquellos días fue un auténtico infierno, especialmente para Jorge. La tenía tomada con él más que conmigo, pues yo era demasiado pequeña para tenerme en cuenta; aún no tenía opiniones propias, no podía discutirle nada. Ni tan siquiera hacía ruidos que le molestasen, porque mi abuela se encargaba de tenerme a salvo, entretenida con libros o con juguetes mientras ella trabajaba en su escritorio, o hablando conmigo, como ya te he contado. Estando el abuelo presente, cuando no había más remedio que compartir el espacio con él, como en las comidas, por ejemplo, todo se convertía en gritos y lágrimas. Maltrataba a mi pobre abuela, maltrataba a la servidumbre, maltrataba a mi hermano y me maltrataba a mí. La mayoría de las veces sólo verbalmente, pero…, es sabido que los gritos pueden hacer más daño que los golpes, especialmente cuando se es niño. Sin embargo, se transformaba en otro cuando tenía visita. Solía ser a menudo, por las tardes, tres o cuatro hombres envarados y prepotentes que se reunían con él, no podría decir si para jugar al mus o para tramar proyectos sediciosos. Les recibía y les despedía en la puerta, amable, jovial, dicharachero, y les abrazaba calurosamente sin dejar ni por un momento el eterno puro, del que salía un humo apestoso.

»Yo era muy pequeña y sólo recuerdo estas cosas con vaguedad, pero me impresionaron y supongo que traumatizaron tanto que nunca llegué a olvidarlas del todo.

»Un día, durante una excursión que hicimos en un pequeño yate, o debería decir lancha motora, del que disponían, mi abuelo cayó al agua y murió ahogado. No sé cómo sucedió, lo que sí sé es que sobre mi abuela recayeron sospechas de asesinato, pues todos los amigos de mi abuelo, sabiendo que motivos para matarle no le faltaban, se aliaron en su contra. Sin embargo, nunca se llegó a elevar formalmente una acusación contra ella, pues estaba tan enferma que sólo le quedaban unas semanas de vida. Y tres semanas después de la muerte de mi abuelo, murió ella víctima del cáncer.

»Pero, poco antes de su muerte, un día, cuando la situación de mi familia ya se había hecho normal y estable y se había recuperado mi madre después del nacimiento de mi hermano Antonio, nos llevó a Jorge y a mí a casa de la abuela para que pudiéramos verla por última vez.

»Estaba en la cama, demacrada y envejecida, pero conservaba íntegras sus facultades mentales. Con alguna excusa hizo que mi madre y Jorge saliesen de la habitación para quedarse a solas conmigo, y me pidió que me acercara a ella. Me tendió la mano y yo se la cogí.

»Me dijo:

»—Natalia, tengo una cosa para ti, nena, para que lo conserves como un recuerdo mío. Será un secreto entre las dos. ¿Quieres?

»Yo asentí, y ella continuó:

»—Acércate al escritorio.

»La obedecí, y ella me indicó:

»—Pon las manitas a la mitad de la pata derecha. Hay una pequeña hendidura. ¿La sientes? Esa pata es como un estrecho cajoncito. Es mi escondite. Si metes las manos por la hendidura y tiras hacia fuera muy fuerte, se abrirá la puerta.

»La trampa se abrió. Miré con atención en el oscuro hueco

y vi una caja grande. Mi abuela me pidió que la sacara y se la llevara y así lo hice.

»Se incorporó en la cama trabajosamente, luchando con sus dolores, y abrió la caja para mostrarme su contenido. Sólo había folios y más folios, sueltos, escritos a mano con tinta negra, con algunos tachones y abundantes anotaciones en los márgenes. Mi abuela me sonreía, pero aquello no tenía ningún interés para mí. Susurrando, para que nadie pudiese oírla, me pidió que volviese a dejar la caja en su lugar y cerrase bien la trampilla. Yo lo hice, sin que nada de aquello me emocionase demasiado. Luego, la pobre, sonriéndome cálidamente y haciendo un esfuerzo agónico para hacer audibles sus palabras, me dijo:

»—Ese escritorio es tuyo desde este momento. Cuando seas mayor, leerás las páginas que he escrito y así nunca me olvidarás, ¿verdad que no? Tú eres la persona que más quiero en este mundo.

»La abuela convenció a mi madre para que hiciese trasladar el escritorio a mi propia habitación, en casa de mis padres. Mi dormitorio era pequeño y el escritorio iba a resultar demasiado grande para él, y nada propio de un cuarto infantil, así que el regalo a mi madre no le hizo ninguna gracia y trató de hacérselo comprender, pero la abuela insistió, y se trataba de su última voluntad, de forma que se acató, y la pata de aquella mesa pudo convertirse en el escondite de todos los tesoros de mi infancia y adolescencia. Por eso, la existencia del manuscrito nunca se borró de mi memoria.

»Hasta que tuve dieciséis años no me entró curiosidad por leerlo, a pesar de que era una ávida lectora de novelas. Pero el manuscrito, que por supuesto sí había hojeado unas cuantas veces, me resultaba difícil de leer a causa de la letra ahilada de mi abuela, que parecía casi taquigrafía, de los tachones y de las innumerables indicaciones que remitían a los márgenes y a otras páginas. Pero finalmente me puse en serio con su lectura y lo cierto es que, absorbida por el interés que me producía, no me fue tan difícil. Mi juicio estaba lo bastante bien formado como para darme cuenta de que mi abuela había sido una gran escritora, de que aquel libro merecía ser publicado, y de que, si lo conseguía, llegaría a convertirse en un gran éxito, pues era claramente mejor que la práctica totalidad de los que yo solía comprar. Entonces aún no se me ocurrió hacerme pasar por la autora, el deseo de llevarlo a la imprenta era una mera posibilidad en la que todavía era demasiado joven para profundizar. Fue más adelante, cuando empecé a enviar *La obsesión* a una editorial tras otra sin obtener nada más que rechazos, cuando se me ocurrió la idea de enviar *El error* firmado con mi propio nombre. Quizá no lo había considerado antes porque creía su publicación más bien improbable, ya que no era la clase de libro que se encontraba entre las novedades de las librerías. No era un tema de moda, ni algo de aventuras o misterio o histórico... Por otra parte, todo en la novela, su estilo, su tema, me parecía impropio de mí, demasiado ajeno a mí como para hacerme pasar por su autora. Yo no tenía las experiencias necesarias como para que mis emociones y sentimientos me arrastrasen a escribir como mi abuela lo había hecho, ni las vivencias que me llevasen a expresar aquellas ideas, ni a imaginar personajes con tales personalidades y viviendo semejantes conflictos. Lo mío era la novela ligera, de mucha acción, me faltaban años para poder sentir la necesidad de expresar cosas más trascendentes. Pero, finalmente, decidí probar suerte. ¿Por qué no? Valía la pena intentarlo. El libro merecía ser difundido, y el hacerlo bajo mi nombre no me planteaba ningún dilema ético. Era mío. Un regalo de mi abuela. Y no me cabía duda alguna de que ella se habría sentido feliz y orgullosa de haber muerto sabiendo que algún día su herencia serviría a la nieta a quien tanto amaba para lograr hacer despegar su carrera literaria.

Natalia se quedó callada. Probó un sorbo de café, pero se había quedado frío. Se levantó, lo tiró por el fregadero, y se sirvió otro caliente de la cafetera. Allí de pie, con la taza en la mano, se dio la vuelta para mirarme.

—¿Quién más sabe esto? —pregunté yo.

—Mi hermano Jorge, sólo él. Octavio lo supo, pero ya no está entre nosotros.

Me sobresalté.

–¿Octavio?

–Sí, Octavio. No porque yo se lo contara, desde luego. Lo descubrió por casualidad, y le fue muy útil para chantajearme.

–¿Cómo? ¿Cómo lo descubrió y qué te pidió por su silencio?

–Lo descubrió de una forma sencilla, a causa de mi descuido. Había contratado a Octavio como contable, y una tarde, cuando vino a recoger las facturas y recibos y demás documentos que solía dejarle sobre la mesa de mi estudio, encontró allí la caja del manuscrito. La destapó y le bastó un vistazo para leer el título y el nombre de la autora en aquel legajo para sentir curiosidad. Yo estaba en la cocina preparando un café cuando de repente recordé que aquella mañana había sacado la caja con el manuscrito de la caja fuerte que tenía junto a la mesa, mientras guardaba otras cosas, y había olvidado devolverla a su sitio. Corrí hacia el estudio pero, cuando entré, Octavio tenía ya las primeras páginas entre las manos y las leía ávidamente. Me miró con una sonrisa de poder recién adquirido, y me dijo: "La abrí pensando que guardabas en ella papeles para mí, pero no. Fíjate lo que descubrí en su lugar."

»¿Lo que me pidió a cambio de su silencio? Era un tío ignorante, insensible al arte en ninguna de sus formas o a la belleza, un auténtico patán, pero le sobraban vanidad y codicia. Su ambición era que lo introdujese en los círculos sociales de la gente famosa, así lo expresó él, fingiendo que éramos novios. Quería escapar de su rutina aplastante, disfrutar una vida más interesante y con mejor porvenir que el que veía ante sí como contable, asistir a fiestas, codearse con cualquiera que tuviese un nombre público. Como mi novio, la gente le mostraría respeto. Podría escalar posiciones, conseguir un buen puesto, y, sobre todo, sentirse alguien. Alguien importante.

»Accedí. No era lo peor que podía haberme hecho. Pero pronto empezó a sacarme dinero. Si yo viajaba, él tenía que acompañarme; todos los gastos por mi cuenta, por supuesto. Me obligaba a cenar a menudo en los restaurantes más caros, por ser visto y por la posibilidad de encontrarse con fulano o mengano, gente a la que probablemente ya había conocido, pero que no le habrían invitado a su casa ni locos. Y necesitaba dinero para ropa, pues era un presuntuoso, y gastaba un presupuesto que yo nunca me permití a mí misma. Era mi contable. Sabía exactamente cuánto podía pagar yo sin que nuestro tren de vida se viese súbitamente parado. No me quería en la ruina, pero tampoco le importaba tirar de mis ahorros. Yo tenía un pequeño hotelito rural en Asturias, una ruinosa casa que mi padre había heredado y que me regaló cuando cumplí veinte años para que pudiese rehabilitarla y convertirla en un alojamiento turístico, aprovechando las subvenciones que concedían. Disfruté mucho rehabilitándola, decorándola, contratando personal y disponiéndolo todo para convertirlo en un alojamiento de primera clase. A los clientes les encantaba, y tenía una ocupación del cien por cien anual. De este hotel procedían la mayor parte de mis ingresos, hasta que Octavio me obligó a venderlo para comprarse un chalé en La Moraleja.

»Había llegado a un punto insostenible. No lo soportaba más. No sabía qué hacer. Incluso pensé en confesar públicamente que no había sido yo sino mi abuela la autora de *El error*.

Me cubrí la boca con la mano y suspiré:

—Dios Santo —después me quedé mirándola fijamente. Se me ocurrió una pregunta que parecía casi retórica—. ¿Decidiste quitarle del medio? ¿Tú hermano estaba al corriente de todo eso? ¿Él te ayudó?

—No, no. No hice nada. Nada en absoluto. Ninguno de los dos lo hizo. Pero me asusté en el barco, cuando vi que Octavio había desaparecido. Temí que, de alguna manera, la policía llegara a descubrir nuestro acuerdo, su chantaje, y que pudieran pensar lo mismo que tú ahora. Puedes suponer que su desaparición sólo me causó felicidad, pero me esforcé por hacerme la novia compungida. Ni siquiera mis amigos estaban al corriente del chantaje, y no debía darle pie a nadie para hacerse preguntas.

–Tú no lo hiciste, pero ¿cómo puedes estar tan segura de que no fue Jorge?

–¿Y cómo puedo estar segura de que no fuiste tú? A ti te vi en la cubierta darte de hostias con él hasta dejarle extenuado. Yo había regresado a buscarle para pedirle su teléfono móvil, porque tenía que hacer unas llamadas importantes y había olvidado recargar el mío. Cuando subí, le vi caído en el suelo, casi no podía respirar, y tú le mirabas de pie, jadeando como un animal que reuniese fuerzas para el embate final. Entonces me di la vuelta y me fui. No sé, no sé porque lo hice. Quizá porque pensé que ibas a matarle y no quise estar presente ni para sonreír ni para decepcionarme si finalmente no lo hacías. Quizá porque temí que uno de los dos me viese y la pelea se interrumpiera. O quizá porque quise asegurarme de que nadie os molestaba, y me quedé durante unos minutos al pie de la escalera, para subir yo primero a avisarte si alguien más lo intentaba, hasta que oí tus pisadas en lo alto, descendiendo precavidas, y entonces me fui a toda prisa.

–¿Hiciste eso? –pregunté.

Ella asintió.

–No puedo creerlo –dije–. No sé qué pensar. No puedo creer que me estés contando la verdad. Es tan crudo, tan extraño, tan... Júrame que no te lo estás inventando. Júramelo.

–Mírame a los ojos –levantó la mano derecha y me mostró la palma–. Te lo juro. Aunque debo advertirte que un juramento mío no es demasiada garantía. Pero te he contado toda la verdad, todo lo que sé de ella. Ahora, júrame tú que no mataste a Octavio. Sabes que no tienes nada que temer. Yo no te juzgaré. No te reprocharé nada. Todo lo contrario. Y, por supuesto, sabes que jamás te denunciaré. Acabo de confesártelo: me quedé protegiéndote en la escalera, y te protegí en el interrogatorio frente a los policías. Eso ya lo sabías. No estarías aquí ahora si yo les hubiese contado que os vi peleándoos minutos antes de que la víctima desapareciera. Simplemente con haberles hablado del puñetazo que le pegaste en Elefantina, las cosas se te habrían puesto más difíciles. Si fuiste tú quien le arrojó por la borda, para mí serás el caballero que mata al dragón para liberar a la doncella. El macho que toda hembra desea.

–Pues, me temo que voy a decepcionarte. Es cierto que estuve a punto de hacerlo, que tomé la decisión razonada y consciente de arrojarle por la borda cuando ya estaba indefenso, pero... Me contuve en el último momento. No. Yo no lo hice. Y si no fui yo ni fuiste tú, ¿quién había en el barco que pudiese tener más motivos que tu hermano?

–Jorge y yo mantenemos una relación muy estrecha, no hay secretos entre nosotros. Si él hubiese matado a Octavio, sabe que yo se lo habría agradecido eternamente. Nunca me lo hubiera ocultado. No tendría sentido. Además, al día siguiente del suceso, se encerró conmigo en mi camarote y me preguntó qué sabía yo al respecto, si es que había tenido algo que ver con la desaparición. En realidad, su pregunta no se refería tanto a si había sido obra mía, como a que de qué forma la había llevado a cabo. Estaba sorprendido y asustado por mí. No. No me cabe ni la más remota duda de que mi hermano no tuvo absolutamente nada que ver con el asunto.

Me puse en pie y anduve un poco por la habitación, meditando. Las piernas me temblaban de cansancio y agarrotamiento.

–Una cosa tenemos clara los dos –dijo–: que la persona que escribió *El error* es la autora también de *La aurora y el crepúsculo*. ¿Es así o no?

–No lo sé. Lo parece. Tal vez sea fruto de un soberbio esfuerzo imitativo, pero... No parece ni lógico ni posible.

–No. No lo es. La intención de enviártela pudo ser asustarte para que cedieras a un nuevo chantaje. Pero, ¿por qué tanto esfuerzo innecesario? ¿Cómo pudo el chantajista conseguir el libro y qué necesidad tenía de hacerlo? Tal vez se lo escribieron por encargo, pero, ¿por qué alguien que es capaz de escribir así cede o vende su obra a otra persona en lugar de publicarla? Y ¿quién te haría el envío? ¿Alguien que tuviera relación con Octavio y hubiese quedado advertido de tu engaño, y recibido órdenes tal vez en caso de que a él le pasase algo? Todo son preguntas que no parecen tener sentido. Nada encaja. No le encuentro explicación.

Me apoyé la nevera. Sentía un cierto ahogo.

—Estoy mareado.

—¿Quieres dormir un poco?

—Tengo que descansar para poder pensar con calma. Tú aún no lo sabes pero soy un tipo obsesivo y tozudo, nunca paro hasta que resuelvo un problema.

Nada más despertarme, una confusa oleada de dudas, preguntas y pensamientos se apoderó de mí.

No era raro que Natalia hubiese querido mantener su engaño en secreto, que se sintiese tan avergonzada al confesarlo. Qué razón tenía al decir que yo no la conocía tanto como creía. Comprendía su temor al rechazo y al abandono. Pero a mí no me interesaba demasiado pensar en eso. Mis sentimientos por Natalia se aclararían de forma natural. Lo que ahora me absorbía eran las preguntas sin respuesta, el enigma de *La aurora y el crepúsculo*. ¿Quién y por qué se lo había enviado?

Tal vez algo se nos hubiese pasado por alto, o, puede que simplemente hubiésemos dado por hecho algunas cosas. Por ejemplo, ¿y si resultaba que ese envío en realidad no guardaba ninguna relación con la muerte de Octavio? Claro está que había sido el primer temor de Natalia tras la sorpresa, y lo que a cualquiera que conociese ambos hechos primero se le ocurría, pero, si uno se paraba a reflexionar con serenidad, debía llegar a la conclusión de que la persona que puso el libro en su poder lo hizo, en primer lugar, a sabiendas de que Natalia no era la verdadera autora de *El error*, en segundo lugar, y habida cuenta de que ambos libros parecían escritos por la misma pluma, y de que era de idiotas suponer que alguien sin fortuna como Octavio o cualquier mandado suyo, por asustar a Natalia y someterla a un nuevo chantaje, hubiese sido capaz de buscar, encontrar y pagar una buena suma a un escritor de tanto talento, o que ese escritor de talento lo desperdiciase así, no quedaba más remedio que concluir que *La aurora y el crepúsculo* era también obra de la abuela de Natalia. Por lo tanto, alguien había mentido a Natalia, alguien conocía la existencia de los manuscritos de Lucía, e incluso había mantenido al menos uno en su poder, pero se lo había ocultado a Natalia. ¿Quién, por qué y con qué intención? ¿Necesariamente con mala intención, o, por el contrario, pretendería ser el envío de *La aurora y el crepúsculo* un ofrecimiento, un segundo regalo, una nueva oportunidad para el éxito?

De pronto, pegué un salto de la cama y corrí escaleras abajo. Encontré a Natalia en la cocina. Tenía la mesa puesta, con una apetitosa ensalada ya lista, y preparaba unos filetes a la plancha.

—Iba a despertarte ahora —me dijo, sorprendida por la fijeza de mi mirada—. ¿Has descansado bien?

—¿Viste muerta a tu abuela? —le solté yo.

—¿Qué dices! No. Claro que no.

—Entonces, ¿qué garantías tienes de que muriese? —Ella me miró estupefacta—. ¿Y si su muerte hubiese sido un truco, un engaño para librarse de la condena? ¿Y si realmente ella mató a tu abuelo, o, aunque no lo hubiese hecho, habiendo estado convencida de que iba a ser declarada culpable de un crimen, planeara fingir su propia muerte? Tenía dinero abundante para esconderse y comprar a quien fuese necesario, y probablemente amigos que la ayudasen. Has dicho que tenía una importante vida social. Por su edad, no creo que sea imposible que aún viva. ¿Recuerdas cuántos años tendría cuando su presunta muerte?

—No lo sé, no demasiados, unos cincuenta y cinco, más o menos.

Palmeé las manos, excitado.

—¡Lo ves! —exclamé—. ¡Puede estar viva, muy mayor, pero viva!

Ella meneó la cabeza.

—Es una locura —murmuró.

—Pues intenta darle sentido a todo esto con otra explicación, si puedes. No es una locura. Es posible y hace que las piezas encajen. Escribió esa nueva novela y te la envió para que otra vez la publicaras bajo tu nombre. Probablemente tiene otra identidad y su reaparición podría traerle problemas. Tal vez volviera a casarse y su nuevo marido no sepa nada de su vida anterior. Dudo que a su edad tenga ganas de conflictos, por muchos deseos que tenga de ver de nuevo a sus nietos.

–No lo sé… –dudó Natalia aturdida–. Sigo pensando que es descabellado…

–Te falta imaginación. Yo debería ser el escritor, y no tú. Mira, de cualquier forma, sea cuál sea su identidad, sé qué clase de persona es quien te envió *La aurora y el crepúsculo* y porqué lo hizo. Y he trazado un plan para descubrir quién es. Si sus circunstancias se lo permiten, estoy seguro de que funcionará. Nos harán falta tus amigos y contactos. ¡Volvamos a Sevilla inmediatamente para llevarlo a cabo!

Capítulo 8

Eran las dos de la tarde cuando abandonaba el departamento de traumatología de la clínica privada. Llevaba un brazo escayolado.

"Aún es demasiado pronto", pensé, y me senté en un sofá, a la salida de los ascensores, cerca de los quirófanos.

Un paciente que ya estaba en el sofá se volvió a mirarme con interés. Me preguntó:

—¿Cuánto tiempo lleva escayolado?

—Acaban de ponérmela —contesté yo.

—Uff —bufó el enfermo—, pues tiene para tres semanas. A mí acaban de quitarme la que tenía en la pierna, pero ahora parece que tengo problemas en una costilla que me está soldando en mala posición. Me atropelló un coche cuando volvía a mi casa de comprar el pan. Menudo hijo puta.

—Cuánto lo siento —le contesté amablemente. Detesto a los charlatanes que se ponen a contarte su vida sin haberles dado pie a nada.

—¿Cómo ha sido lo suyo?

Por supuesto, el viejo morboso no podía dejar de entrometerse en lo que no le importaba.

—Un accidente —contesté—. Un accidente de coche.

—¡Uff! Pues ha tenido usted suerte de no haberse roto más que un brazo. ¿Ha habido más heridos?

Le lancé una mirada de odio y me levanté.

—Disculpe. Necesito ir al servicio.

El hombre se apresuró a indicarme dónde se hallaban los

114

servicios. Seguí mi camino, ignorándole por completo.

Enfermos y parientes de estos caminaban por los pasillos con caras de circunstancias, lentos y silenciosos. Pasé por delante de los quirófanos y busqué una sala de espera tranquila. Allí, en una vacía, me senté y saqué mi teléfono móvil. Tenía muchos mensajes. La gente ya se había enterado del accidente por medio de la radio y de la televisión.

Imaginé lo que habrían dicho los medios: "La escritora Natalia Asensi se debate entre la vida y la muerte en un hospital madrileño tras haber sufrido un gravísimo accidente de automóvil mientras regresaba desde Gijón a Sevilla. Un amigo que la acompañaba sufrió una fractura de clavícula, pero su vida se encuentra fuera de peligro."

Jorge llegó al poco tiempo acompañado de cinco amigos, Mónica entre ellos, con caras transidas de preocupación.

Respondí a sus preguntas. Aún estaban operando a Natalia. Me habían dicho que sería una operación larga y delicada, que su vida corría grave peligro. La causa del accidente había sido un borracho que viajaba en sentido contrario. Yo estaba bien, sólo me había fracturado la clavícula.

—Me alegro de que no hayas salido demasiado mal parado —me dijo Jorge amablemente, dándome unas palmadas en el hombro sano.

Por su parte, Mónica me miró como si fuese el culpable del accidente.

El grupo se acomodó en la sala y permaneció allí pacientemente cerca de dos horas. Entonces, les anuncié que saldría en busca de información y les dejé solos. Regresé al cabo de unos minutos.

—La han subido a la UVI —dije en voz alta—. Me ha dicho el médico que hubo complicaciones inesperadas, que nos prepararemos para lo peor.

Contrito, el grupo se levantó al unísono rumbo a la UVI.

Mientras salían, observé a otros recientes ocupantes de la sala. Una señora con dos niños, otra con un par de adolescentes y dos hombres de mediana edad. Todos ellos me contemplaban con expresión de condolencia.

Subí con Jorge y sus amigos a la UVI.

Jorge desapareció en el interior mientras los otros le esperaban fuera.

–Me han dicho que no se puede entrar a verla –comunicó al salir–. Lo mejor será que os vayáis a casa. Yo me quedaré, y os prometo avisaros a la menor novedad.

Se fueron todos excepto Mónica, quien fue imposible de convencer. Rogaron a Jorge que, por favor, no apagara el teléfono.

–No he comido nada desde esta mañana –dije yo–. Voy a bajar a la cafetería. ¿Venís alguno? –Mónica me miró como si cometiese sacrilegio sintiéndome hambriento en tales circunstancias, Jorge rehusó sin furia. Le rogué–: Jorge, por favor, avísame al móvil en seguida si hay alguna noticia.

–Por supuesto. ¿Te apañarás solo, Alejandro? –me preguntó Jorge, dándose cuenta de mi invalidez–. ¿No prefieres que te acompañe?

–No, muchas gracias, Jorge. Por suerte ha sido el brazo izquierdo y con el derecho podré arreglarme para comer algo.

Tomé el ascensor y bajé hasta la recepción. No había mucha gente. Tres o cuatro periodistas y fotógrafos, supuse que esperando noticias del estado de Natalia, un chico en silla de ruedas haciendo cola acompañado de su madre, un señor mayor apoyado en dos bastones junto a su mujer, y otro matrimonio joven enseñando algunos papeles a la enfermera.

Continué hasta la cafetería. Era un lugar apacible, muy limpio, pintado y decorado en tonos claros y alegres iluminados con la luz natural que penetraba a través de varios ventanales que daban hacia la calle. Miré a mi alrededor. Gracias al cielo, el ambiente no era tétrico y deprimente como en los pasillos de la clínica, sino tan agradable y normal como para olvidarme por un rato de dónde estaba. En una mesa, un joven tomaba un bocadillo y una caña mientras leía "*El Marca*"; en otra había una pareja joven con el carrito de un bebé al que hacían tomar una papilla. Me sentí más relajado.

Pensé qué podría pedir. Me apetecía comer en abundancia. Como mínimo un buen plato combinado. El camarero me recomendó uno que llevaba huevos, patatas, lomo adobado y pimientos verdes. No debía preocuparme por lo de mi brazo, me dijo, él me lo serviría ya partido todo en trozos pequeños. Me pareció una oferta excelente y pedí una jarra grande de cerveza para acompañarlo. Estaba muerto de hambre, desfallecido y nervioso. Comí con voracidad, mojando pan en los huevos y apurando hasta la última patata, y me sentí mucho mejor al finalizar. El camarero acudió rápidamente a recoger los platos y a preguntarme si tomaría postre o café, y le encargué un café solo.

Empecé a tomármelo a sorbos pequeños, mientras pensaba en todo lo sucedido, y entonces, alguien a mi espalda pronunció mi nombre.

—Alejandro, me alegro de verte.

Me volví a mirarle, y al reconocerle, atónito por la sorpresa, me puse en pie. ¿¡Él!? ¿Era una casualidad?

—¡Señor Ortiz! ¡Vaya! Pero qué casualidad. ¿Cómo usted por aquí? Espero que no tenga ningún problema su esposa.

Arturo Ortiz, el señor mayor que tanto me había agradado durante el crucero, tomó asiento en la silla frente a la mía.

—¡No, no! Gracias a Dios mi esposa se encuentra perfectamente —me aseguró—. Es una joven muy querida la que me ha traído hasta aquí. He oído en la televisión que ha sufrido un grave accidente.

Está visto que soy lento de comprensión, y, no sabiendo encajar las piezas, aquello me sorprendió. Sólo podía referirse a Natalia, y no sabía que ella y el señor Ortiz se hubiesen compenetrado tanto durante el viaje como para preocuparse de visitarla no bien tenía noticias del accidente.

—Imagino que se refiere a Natalia Asensi —Él asintió—. Así es —corroboré—. Por desgracia sufrimos un grave accidente de coche cuando viajábamos juntos de regreso a Sevilla. Tal vez no debería llamarlo accidente. Un borracho asesino arremetió contra nosotros, y ahora Natalia está luchando por su vida.

–Ya veo que tú también resultaste herido, muchacho. Lo lamento mucho. Pero, a Dios gracias, no ha sido tan grave como lo de Natalia. ¿Qué te han dicho los médicos, Alejandro? ¿Hay esperanzas de que sobreviva?

–Espero que sí. Tiene que hacerlo. Pero los médicos no han sido muy optimistas. Me consuela pensar que nunca suelen serlo en estos casos, creo que para evitar que si el paciente muere se les acuse de negligencia. Estuvo en el quirófano cerca de seis horas, y luego la llevaron a la UVI. Allí está ahora. Aún no dejan verla.

Arturo Ortiz me miraba con los ojos llorosos.

–Sí –musitó–, eso me han dicho en la recepción. Me dijeron que me fuera a casa. Pero yo no podía...

De repente, por mi cerebro por fin cruzó una suposición. Como piezas de un puzle, las inestables ideas encajaron una a una hasta conformar una hipótesis.

–¿Vive usted por aquí cerca, señor Ortiz?

–No. Llevo ya unos años viviendo en Las Rozas, cerca de Madrid. En una de las urbanizaciones ajardinadas y tranquilas que hay por allí. ¿Has estado alguna vez por la zona?

–Sí. La conozco. Un lugar agradable para vivir, sobre todo si no hay necesidad de venir a trabajar a Madrid todos los días. ¿Ha venido usted en coche?

–¡No, no! Aparcar en Madrid es desesperante. Cuando no tengo prisas y sólo vengo para pasear, cojo tranquilamente el autobús que para cerca de la urbanización. Pero hoy he venido en taxi.

–No sabía que hubiera hecho tanta amistad con Natalia durante el viaje. Les vi juntos a veces, pero no parecía que se hubiesen tomado tanto cariño.

–Bueno –respondió el señor Ortiz guiñándome un ojo–. Lo mismo podría yo decir de vosotros dos, ¿no es cierto?

Sonreí.

–Sí. Tiene toda la razón –Y, después de unos instantes, decidí tantear–. Su cariño le vendrá bien a Natalia, porque, justamente estos días, me hablaba de su abuelo fallecido, y de la abuela a la que tanto quería. Es una pena que muriesen siendo ella tan pequeña. Les echa mucho de menos.

–Mmm. ¿De veras?

–Pues sí. Bueno, a decir verdad, es a su abuela a quien echa de menos. Al parecer era una gran mujer. Una mujer de talento, igual que Natalia.

–¿Ah, sí? ¿Escritora tal vez?

–No, no lo creo. Pero sensible a todas las artes y extremadamente culta.

–Qué interesante. Y, dime, ¿Natalia tiene pensado publicar algo próximamente?

–Verá –dije con secretismo, acercándome más a mi interlocutor por encima de la mesa y bajando el tono de voz cómplicemente–, la he visto con un tocho muy gordo que llevaba su nombre. No se separó de él ni un momento y no pude echarle un vistazo, pero sí que alcancé a ver el título: *La aurora y el crepúsculo*. ¿No le parece bonito?

–Excelente, sí, muy hermoso. Probablemente tenga ya una gran editorial dispuesta a publicarlo pronto.

–Me temo que no. Por desgracia, parece que su obra no la ha dejado nada satisfecha y piensa destruirla. Aunque yo tengo la esperanza de que no llegue a hacerlo. Lo que sí parece seguro es que Natalia no tiene intención de mandarla publicar. Por lo visto, la considera tan malísima que ni siquiera se la ha permitido leer a nadie de su entorno. La oí decirle a su hermano Jorge, ¿le recuerda?, pues la oí decirle que iba a quemar el libro. A destruirlo.

Visiblemente sobresaltado, Arturo Ortiz fijó su mirada inteligente en mis ojos.

–¿A destruirlo? –preguntó–. ¿Por qué? No lo comprendo...

Unas gotas de sudor resbalaban por su rostro tachonado de manchas oscuras.

–Cosas de escritoras. Dice que no es lo bastante bueno para ella, que no está a su nivel, que parece escrito en otro siglo, pasado de moda... Que no es lo que se encuentra hoy en día en las novedades de las librerías. Teme que estropee su imagen de cara al futuro. Una lástima. Yo estoy seguro de que es una historia tan excelente como la de *El error*. ¿Por casualidad la ha leído usted? ¿Qué ocurre? ¿Se encuentra bien, señor Ortiz?

Con los codos apoyados en la mesa, Arturo Ortiz se sostenía la cabeza entre las manos masajeando su frente.

–Estoy bien –dijo–. Perfectamente. Hace calor aquí.

–¿En serio? Yo no lo siento, a pesar de que he comido bastante.

–Entonces, ¿no piensa publicarlo?

–Pues ya lo ve. Como alguien no consiga convencerla de lo contrario... Si al menos le hubiera permitido a alguien leer el libro. Porque, ¿con qué argumentos puede nadie intentar convencerla sin haberlo leído? ¡Oiga!, ¡y que tal vez tenga razón ella! ¿Quién lo sabe? Tal vez el libro verdaderamente no valga nada, tal vez sea una mierda de libro y sea preferible que lo arroje al fuego.

Vi refulgir llamas en los ojos de Arturo Ortiz cuando me oyó decir esto.

"Lo estoy consiguiendo –me dije–. Él sabe algo. Él es la clave, tiene que serlo. Se está delatando: la enojada fijeza de su mirada, el excitado movimiento de las manos, el sudor nervioso que perla su frente. ¿Qué más puedo decir para conseguir que hable? ¿Qué más?".

–¿Usted qué opina?

–¿Y qué podría opinar? –contestó él–. No he leído el libro. Como ella dice, puede que sea mejor que se deshaga de él antes de arriesgarse a que perjudique su imagen.

Me descorazoné. El tiempo corría en mi contra y aquel hombre era mi única apuesta.

–Señor Ortiz, creo que voy a irme a casa. Jorge está arriba con Natalia, y a mí me han dado analgésicos y necesito descansar un poco. Pienso coger un taxi hasta un hotel donde Jorge me ha reservado habitación. No está muy lejos de aquí, si quisiera usted acompañarme podríamos esperar juntos noticias, y, si Jorge me dice que permiten visitas, volver de nuevo más tarde. Yo no quisiera estar solo, y realmente le agradecería mucho su compañía, aunque sólo pueda quedarse conmigo durante un rato.

Arturo Ortiz sopesó pensativo la propuesta.

—Claro, muchacho, claro —accedió—. Será un placer acompañarte.

Hablamos de banalidades tópicas hasta llegar al hotel, que, en realidad, estaba a bastante distancia de la clínica.

Nos condujeron a la suite que Jorge había reservado. En el saloncito, le ofrecí al hombre una copa de coñac, que él aceptó gustoso.

La bebió con lentitud, degustando el líquido, pensativo y doliente, y, en cuanto vi su copa medio vacía, me apresuré a llenársela, esta vez hasta el borde.

Iniciamos de nuevo una charla trivial, hasta que decidí llegado el momento de arriesgar.

—¿Sabe? —comenté—. Yo también escribo, aunque sin pretensiones, sólo a nivel de aficionado. Se me ocurren multitud de historias retorcidas. Son mi especialidad. Por ejemplo, para iniciar un nuevo argumento se me ocurre el siguiente punto de partida: que usted, señor Ortiz, no fue a Egipto sólo en viaje de placer. Que usted estaba allí por algún motivo que tiene que ver con Natalia. Que usted tiene relación con alguien de su familia. Probablemente, con su abuela Lucía.

En el rostro de Arturo Ortiz se dibujó una expresión de alterado asombro. Abrió la boca impulsivamente, mientras yo le estudiaba sin respiración, pero la boca volvió a cerrarse, y el invitado se contuvo y guardó silencio.

"Por favor, habla, por favor", rogaba yo para mis adentros. Pero, al cabo de unos momentos, recuperado el control de sus emociones, lo único que mi interlocutor, inexpresivamente, dijo, fue:

—Muchacho, qué interesante.

—Señor Ortiz —insistí, cambiando de táctica, ahora sin disimular mi desesperación—, no le pido que me cuente nada a mí, no tiene por qué hacerlo, pero Natalia merece una explicación. La necesita. Se lo juro, la necesita. Ella no entiende nada y está asustada –Él callaba–. Usted tiene respuestas que ella necesita para devolver la paz a su vida. Tiene miedo. Está llena de preguntas que, si quedan sin respuesta, la acosaran el resto de su vida. Yo sé que usted no quiere eso, que, por alguna razón que no le pido que me explique, ella es importante y querida para usted. Ayúdela, si es que yo estoy en lo cierto.

Arturo Ortiz echó la cabeza hacia atrás con expresión doliente, cerrando sus ojos cansados, y murmuró:

–Qué fácil es todo para los jóvenes. Qué sencillo. ¿Qué puedes entender tú, muchacho? Ella no debe recordar lo que ocurrió, no debe saberlo.

–¿Qué no debe saber? ¿Qué? ¿Que su abuela está viva? ¿Es eso? Ella ya lo sabe. Sabe que su abuela simuló su muerte para evitar ser acusada del homicidio de su marido. Natalia lo sabe, señor Ortiz.

El hombre me miró durante unos segundos con los ojos vidriosos. Luego se rió.

–¡Par de locos! –exclamó–. Pero ¿qué diablos habéis imaginado vosotros? Que Lucía está viva... Dios mío. Lucía...

–¿Qué relación guarda usted con la abuela de Natalia, señor Ortiz? Por favor, ¿no puede decírmelo?

–Le juré a Lucía proteger a Natalia, Alejandro. No podría enfrentarme a ella con la verdad desnuda, no podría. Y tú no debes decirle nada. No debes decirle que yo fui a verla, que me viste... No debe saberlo.

La puerta que daba al dormitorio se abrió y volvió a cerrarse bruscamente provocando un inmenso ruido.

Arturo Ortiz levantó la cabeza y miró hacia ella. Sus ojos, estupefactos, se clavaron en la persona que permanecía de pie junto a ella.

–¿Qué verdad es ésa, señor Ortiz? –le preguntó Natalia–. ¿Qué verdad es ésa de la que mi abuela cree que debe protegerme?

Arturo Ortiz se puso en pie y pasó su mirada desconcertada intermitentemente de Natalia a mí, de mí a Natalia.

–Como usted ve, señor Ortiz, Natalia está perfectamente –le

confesé–. Sana y salva. Nunca sufrimos ningún accidente. Fue todo un montaje, una trampa. Un engaño que tenía como objetivo atraerle y descubrirle a usted.

»Se basó sólo en una conjetura. En una hipótesis mía, y, puede decirse que en un deseo. Se me ocurrió que, necesariamente, la persona que le había enviado a Natalia *La aurora y el crepúsculo* lo había hecho por amor, con el deseo de que Natalia diese un nuevo empujón a una carrera que se había frenado tras la publicación de sus últimos libros. Ese alguien pensé que podría ser su propia abuela. Esto a Natalia le parecía una opción novelesca, excesivamente fantasiosa, pero sí estaba de acuerdo conmigo en que, en cualquier caso, sí se trataría de alguien que había mantenido una fuerte relación con ella, con su abuela Lucía, ya que esta persona tenía en su poder un manuscrito de Lucía del que nadie más en su familia, ni tan siquiera sus hijos, había oído hablar. Lucía se lo había confiado a ella o a él por encima de todas las personas de este mundo. Quienquiera que fuese esa persona, si es que no era la propia Lucía, se lo enviaba ahora a Natalia para ayudarla, desde el anonimato. Quienquiera que fuese, quería a Natalia, y la seguía de cerca. Por lo tanto, no era de locos pensar que si la vida de Natalia corría peligro, esa persona aparecería en las cercanías. Claro que no estaba garantizado, ni mucho menos. No sólo dependía de que esa persona quisiera hacerlo, sino también de que le fuese posible. Tal vez era demasiado anciana o por alguna otra razón estaba imposibilitada, tal vez viviese en el extranjero, pero también, por qué no, podía ser una persona cercana, una amiga o amigo de Natalia, o alguien que de alguna manera formase parte de su vida. Montar toda esta parafernalia no fue difícil, y merecía la pena. Gracias a que Natalia es famosa y tiene amigos, y no amigos, en la prensa, fue extremadamente fácil difundir el bulo. Resulta que mi primo hermano es jefe de la planta de traumatología en la clínica en la que se suponía que Natalia estaba siendo operada, y su esposa trabaja en la recepción. Con su ayuda esperábamos mantener el bulo el tiempo suficiente, aunque sabíamos que el engaño no podía durar mucho, porque la reputación o hasta los puestos de trabajo de mis primos podían peligrar. Aparte de ellos, únicamente Jorge es cómplice de la verdad. A sus padres y a su hermano Antonio sólo les llamó para advertirles de que los medios estaban difundiendo una noticia falsa.

El señor Ortiz había escuchado el relato con expresión aturdida y horrorizada. Ahora miraba a Natalia boquiabierto, incapaz de reaccionar.

–¿Está viva mi abuela? –le preguntó Natalia.

Él la miraba fijamente en silencio, como si aún siguiera considerando sus posibilidades de fingir que nada sabía de todo aquello. Luego, vencido, se dejó caer de golpe en la butaca, se tapó la cara con las manos y permaneció así, inmóvil, durante unos minutos. Finalmente, alzó la cabeza para mirar a Natalia de frente.

–No –le contestó–. Tu abuela murió el veintiuno de agosto de mil novecientos ochenta y dos. Exactamente dos días después de que tú la visitaras por última vez.

–¿Quién es usted? –preguntó ella acercándose–. ¿Por qué sabe eso? ¿De qué conocía a mi abuela?

Él exhaló un profundo suspiro, formó una pirámide con sus manos y se cubrió los labios con ella, pensativo.

–Conocí a tu abuela en mil novecientos cuarenta y siete, cuando ella estudiaba filología en la Universidad de Oviedo. Estaba en su segundo curso, tenía veinte años, y yo era su profesor.

»Creo que huelga decirte que ya entonces su talento era asombroso, inusual en una joven, y fue lo que me llevó a interesarme por ella. No era sólo el extraño caso de una escritora jovencísima que alcanzaba una enorme madurez expresiva y formal, sino que esa misma posición le permitía conectar con las inquietudes propias de su tiempo y plasmarlas en ficciones contundentes, tan lejos de lo insustancial como de lo solemne, de la ingenuidad como del academicismo. Tenía un control completo de su materia, como si cada uno de sus relatos fuera una pieza dentro del vasto mundo que su obra representaba, como una Comedia Humana del siglo XX: fragmentaria, femenina, sin mayores certezas que sus ambigüedades. Era magistral tejiendo los géneros, el lirismo de la prosa, el exotismo veraz de los escenarios, la voz profunda y tierna a la vez de quien aprende precozmente los laberintos de la pasión y se ve obligada a reflexionar sobre ellos, y eso hacía de sus escritos una aventura irresistible.

»Un día, un grupo de amigos y yo pusimos en marcha la creación de una nueva revista literaria. Se trataba de un proyecto maduro, trabajado durante largo tiempo, y prometía llegar a ser la más importante referencia cultural española. Por el momento no contábamos con demasiado dinero, pero un buen número de los mejores autores en lengua española, amigos personales o amigos de nuestros amigos, nos había cedido gratuitamente relatos, ensayos, artículos o poemas; otros, tuvimos que adquirirlos a precios que por sí solos consumieron buena parte de nuestro presupuesto, y el resto serían colaboraciones de nosotros mismos o de autores noveles cuidadosamente escogidos. Teníamos cubierto el contenido de los primeros números con una calidad que nos garantizaba la venta de todos los ejemplares que pudiésemos distribuir. La mayor parte de nuestro presupuesto claro está que se destinaría a la impresión, pues queríamos darle a la revista un aspecto acorde y justo con la altura de las personas que escribirían en ella, y otra gran parte del presupuesto iría a parar a la difusión. Una buena difusión era vital. Además, habíamos alquilado un piso para reunirnos, y en él había gastos que no eran nada despreciables, en especial el teléfono. Éste había empezado a no parar de sonar, y se hacía necesaria una persona que pudiese atenderlo, así como abrir la correspondencia, distribuirla entre los socios y ayudar a contestarla, pero no podíamos ofrecerle a una secretaria un jornal justo. Entonces, me acordé de Lucía. Decidí llamarla a solas a mi despacho y le hice una propuesta. Ella trabajaría por las tardes en nuestra oficina y a cambio, además de ofrecerle un modesto sueldo, nos comprometíamos a publicar alguno de sus escritos en cada número de la revista, mientras durase nuestro acuerdo.

Naturalmente, aunque ella no lo supiera la bicoca iba a ser para mí, que no sólo ganaba una secretaría casi gratis sino que encima me garantizaba en cada número un relato de cuyo valor no dudaba un segundo, y que contribuiría a engrandecer la revista.

»Cuando sus primeros relatos salieron publicados todos los escritores de que vivía rodeada empezaron a mirarla de forma distinta. Hasta entonces a sus ojos sólo había sido una muchacha encantadora con un sereno atractivo, pero despúes todos ellos quedaron cautivados, todos la ansiaron hasta el acoso.

»Un día, la llamé a mi despacho y, dotando mi expresión y palabras de sequedad, pues me avergonzaba dejarme llevar por un momento que me emocionaba en exceso, le dije:

»—Lucía, hay algo que debo decirte porque veo que aún no eres consciente de ello: eres una gran escritora. La escritora de mayor talento que nunca haya pasado por mis manos. No me reconozco pronunciando estas palabras que jamás había dedicado a un alumno, en mis diez años lectivos.

»Ella estaba ante mí, con la luz incidiendo sobre su cabello y su rostro, hermosa como una novia, con un vestido blanco de mucho vuelo y un lazo grande en el pelo. Me miraba fijamente esbozando una sonrisa de placer cada vez mayor, que se transmutó en desconcierto y negación cuando me oyó añadir:

»—Debes prepararte a sufrir. Un talento como el tuyo no se perdona, y para todos esos por quienes tú sientes afecto y admiración no eres sino la más peligrosa aspirante al trono, una demasiado capaz de arrebatárselo como para no mantenerse en guardia. Quienes te aman, quienes te admiran, como todos esos de ahí fuera, es porque se saben tan inferiores que nunca podrían entrar en la contienda, y es también porque saben que no pueden aspirar a tu amor, que no lo merecen. No hallarás un amigo a tu altura entre los demás escritores, no, al menos, entre los grandes. En ellos estallará la soberbia pues intuirán el peligro al verte, intentarán aplastarte, y, de los que no lo hagan, tampoco debes esperar ayuda. Escribe despacio, en silencio, no alardees ni enseñes tus escritos con prodigalidad. Hazlo sólo a gente sin relación con la literatura, a tu familia, por ejemplo, y

126

a tus más antiguas amigas. Creo que, por el momento, no deberías continuar publicando en la revista. Nútrete de experiencias. Continúa creciendo sin prisa. Tiempo habrá de que el mundo te conozca.

»Ella había fruncido el ceño y me miraba hoscamente.

»—¿Qué puedo hacer entretanto? —me preguntó—. ¿Simular que soy boba? ¿Meterme en un cajón y dejar marchitar mi inteligencia? ¿Es porque soy mujer que me suelta este discurso? ¿Por eso me recomienda no destacar? ¿Porque todos los demás son hombres y yo debo permanecer debajo, sumisa en mi papel de Eva? Perdóneme, profesor Ortiz, pero creo que el suyo ha sido el consejo más penoso que profesor alguno jamás haya dado a un alumno. —Se enfadó. Se enfadó terriblemente. Y entonces, una tiniebla de amarga intuición atravesó su rostro, y me preguntó—: ¿No será a usted mismo a quien teme que haga sombra?

»Ella no tenía razón. No, no la tenía. Para entonces yo ya permanecía en el grupo de los rendidos, resignadamente, a la evidencia. A la evidencia de que era un escritor mediocre cuyo nombre jamás se escribiría en los libros de texto. Podría haberla odiado por tener tanto de lo que yo ansiaba y me había sido negado, pero no estaba la envidia en mi naturaleza, y sí, en cambio, la admiración. La admiración y el amor. Porque yo, al igual que el resto de los socios, me sabía enamorado de Lucía. Un conocimiento profundo que debía permanecer oculto, porque yo ya era un hombre casado. Tal vez era ésa la causa de mis palabras: mi pasión por Lucía, mi ansia por mantener oculto y sólo mío el tesoro que había descubierto y que ahora se había abierto al mundo, empezando a alejarse de mi lado.

»—Es absurdo que pienses eso —la reproché—, porque de ser así es evidente que tú no estarías aquí. Nuestro acuerdo no tiene porqué romperse, puedo compensarte de otra forma, puedo ayudarte a mejorar tu estilo, puedo ofrecerte trucos...

»Ella me interrumpió, y, con la mayor altanería que pueda concebirse me clavó los ojos preguntándome:

»—¿Y cómo un escritor mediocre como usted puede pretender enseñarme a mí?

»Me quedé helado. Ella era tan dulce, tan encantadora. No podía creer la puñalada que me había lanzado. Pero de pronto vi que sus ojos se empañaban.

»–Yo confiaba en usted –sollozó.

»Yo salí de detrás de la mesa y corrí a su lado.

»–No llores –le dije, sin atreverme a abrazarla para consolarla–. Te has equivocado en tu juicio. Me has interpretado mal. Yo sólo quiero tu bien. Sólo pretendo cuidar de ti.

»Entonces ella me abrazó. Se lanzó sobre mí y me abrazó. Y, de repente sentí un beso húmedo sobre mi cuello, seguido de un susurro:

»–Te quiero –me decía–. Te quiero.

Arturo Ortiz levantó la cabeza para mirarnos a Natalia y a mí. En sus manos sostenía la copa vacía, con la cual jugueteaba durante su relato.

Ella y yo, absortos, esperábamos la continuación de la historia.

Con evidente embarazo, el profesor confesó:

–La oficina estaba vacía, y nosotros... Nosotros... Hicimos el amor.

»Eso no podía volver a ocurrir. Por el bien de Lucía y por el mío propio no debía volver a ocurrir. Yo era un hombre casado; Oviedo una ciudad pequeña donde todo se sabía. Eran otros tiempos... Le rogué a Lucía que lo comprendiese, que se diese cuenta de que sólo había una cosa que pudiéramos hacer para minimizar el sufrimiento: no volver a vernos nunca. Ella no quería aceptarlo. Se negaba a ello, llorando con la cabeza hundida sobre mi pecho. Yo pensé que ambos moriríamos ante el dolor de la separación, que no era justo, que debía existir otra solución. Pensé en dejarlo todo y escapar con ella del país, en iniciar una nueva vida a su lado. Sin embargo, tampoco eso era justo para ella. Era tan joven... ¿Cómo iba a proponerle abandonar a su familia en pos de un futuro incierto? Tampoco era justo para mi esposa, desde luego; sería su desgracia y la de mi familia.

»Después de esto, ocurrió algo terrible, algo que me impidió llegar a tomar una determinación sobre nosotros dos, y que cambió el destino de ambos. A causa de un artículo contrario al régimen que había publicado en nuestra revista, fui encarcelado.

»Tuve cinco años para lamentarme de mi osada estupidez, entre las cuatro paredes de las celdas en que me recluyeron en mi periplo por tres cárceles distintas. Los primeros meses fueron angustiosos, nadie de mi familia aparecía para visitarme. Era como si todo lo que amaba en el mundo, todo lo que conformaba mi vida, me hubiese sido bruscamente arrancado, dejándola completamente vacía y sin sentido

»No recibí las primeras visitas hasta los tres meses de encierro. Pero Lucía nunca fue a verme. Durante cinco años fue un recuerdo secreto en mi memoria, una cotidiana añoranza del amor de mi vida, que formaba ya parte de mi saco de frustraciones y resignaciones, pero que, pese a todo, incluso pese al dolor que me causaba su silencio, me daba fortaleza para continuar respirando. Por ello, no es extraño que, cuando al fin me soltaron, mi único objetivo fuese volver a verla.

»Debido a que la revista recién fundada en la que habíamos trabajado juntos Lucía y yo fue inmediatamente clausurada tras mi arresto, los socios se habían separado y dispersado y las noticias sobre Lucía me llegaban lejanas y confusas. Empezaba a creer que nunca volvería a verla.

»Mi esposa y yo nos habíamos trasladado a Madrid, donde uno de los pocos amigos que se había portado como tal durante mi estancia en prisión, me había encontrado trabajo en una editorial. El fortuito encuentro se produjo en la boda de este amigo. Lucía estaba aquí como acompañante de otro invitado que guardaba alguna lejana relación de parentesco con la novia. Ella me vio primero, y, cuando nuestros ojos se cruzaron... Bueno... Estoy seguro de que podréis imaginar lo que sentí. Pedí a mi mujer que fuese entrando a la iglesia y corrí al lado de Lucía, feliz como no lo estuviera desde la vez que la tuve en mis brazos, para plantarme ante ella, arrobado y mudo.

»Pero, intercambiadas dos tópicas palabras de saludo, en seguida, ella me presentó a su acompañante:

»—Arturo, éste es el teniente Armando Cardoso, mi esposo.

»El mundo se abrió bajo mis pies. Todo empezó a darme vueltas. Contemplaba a ese hombre estremecido, sin un pestañeo, con los ojos abiertos como platos, como convertido en un zombi.

»Sufrí un cambio de expresión tan brusco como inevitable. Debió de ser imposible que él no se diese cuenta de lo que yo sentía. Opresión, lividez, temblores. Ella hablaba, y me volví a mirarla, como un muñeco de muelles. Decía, dirigiéndose al militar:

»—Arturo es un viejo amigo. Fue mi profesor de literatura cuando estudiaba en la universidad, y tuve la suerte de que me ofreciera trabajar con él en los primeros números de una revista literaria que fundó.

»Un hombre uniformado, la antítesis de los valores que el arte representa. Y ella estaba allí, satisfecha, explicándome ahora detalles que yo detestaba escuchar. Que se había trasladado a Madrid, a casa de su madrina, poco tiempo después del cierre de la revista, y que allí fue donde conoció a su esposo, en la fiesta de no sé qué amigo de la familia. Yo no deseaba saber nada más. No parecía desgraciada, aunque al casarse con un militar escapase, a mi entender, a toda posibilidad de felicidad para una criatura como ella.

»—Nos casamos en Oviedo sólo tres meses después de conocernos —me explicó el marido, posiblemente porque eso equivalía a mostrarme su certificado de propiedad y garantía sobre Lucía—. ¿Le acompaña su esposa? —me preguntó después, a modo de recordatorio de mi estado civil.

»Lucía me preguntó cómo estaba. No comenté nada sobre mi infortunio durante los cinco años que pasé encarcelado, me limité a contarle que me había establecido recientemente en Madrid para trabajar en una importante editorial. Luego me despedí como pude, prometiendo al hombre que más iba a odiar en el mundo presentarle a mi esposa más tarde.

»Evité volver a hablar con Lucía. Fue fácil, ya que eran muchos los invitados, aunque mis ojos la buscaban incansables con disimulo, ocultándose a la guardia constante de su teniente y a las posibles sospechas de mi buena mujer. Me hubiera ido enseguida, tan pronto concluyó la ceremonia, para arrojarme a la cama y llorar como un adolescente, pero mi esposa me acompañaba, y no hubiera podido explicarle los motivos de mi miseria, de modo que tuve aguantar durante toda la celebración y esperar a la madrugada para desahogarme, escondido en el cuarto de baño.

»A la mañana siguiente recibí en mi despacho de la editorial una llamada de Lucía. Me pidió que, si era posible, nos viésemos aquella misma noche en la editorial, cuando se hubiesen ido todos. Me temblaba la voz al responder. Al responder, por supuesto, que allí la esperaría. Concebí esperanzas. ¿Iba ella a decirme que deseaba abandonar a ese hombre ahora que nos habíamos reencontrado? Me sentí loco y estúpido. ¿Qué haría yo si ella me pedía que abandonase a mi esposa? No podía ser, no podría vivir con mi conciencia si la abandonaba después de cómo se había comportado ella mientras yo estaba en prisión. Sus visitas, todo lo frecuentes que se le permitían, sus cartas, su ánimo y calor... Sin embargo, la respuesta a mi dilema me la había venido dando cada uno de los días durante los cinco años que había estado sin ver a Lucía. Sabía que sólo a su lado podría encontrar la paz y la felicidad, y estaba dispuesto a cualquier cosa ahora que la vida parecía ofrecerme una segunda oportunidad.

»Llegó a la oficina a las once de la noche, vestida con un serio trajecito gris. Noté que la ingenuidad de unos años atrás se había disipado. Ahora parecía una mujer demasiado adulta.

»Durante minutos no pudimos hacer otra cosa que mirarnos embobados. Y después, sin mediar una palabra..., caímos uno en los brazos del otro.

»Yo fui feliz. Pensé que su entrega significaba lo que yo tanto deseaba. Pero no era así.

»Acabábamos de hacer el amor, y yo la repetía una y otra

vez cuánto la amaba. Le dije que no tuviera miedo, le juré que encontraría la forma de que estuviésemos juntos.

»–He venido a enseñarte algo, Arturo –se limitó a decir ella. Abrió su bolso y sacó de él una pequeña cartera de la que extrajo una foto que me entregó–. Es Carmen, tu hija–. La miré boquiabierto. A ella y a la niña, a la niña y a ella, una y otra vez. Era incapaz ni siquiera de formularle preguntas–. Dos meses después de tu desaparición –me explicó ella–, descubrí que había caído embarazada. Una jovencita de provincias sin recursos propios que iba a ser madre soltera. ¿Te imaginas el horror que sentí? Mi familia me mataría, sería la vergüenza de todos. Cualquier opción se me antojaba preferible antes que traer a este mundo un hijo siendo madre soltera. Y Armando estaba allí. Había surgido en mi vida unos pocos días después de tu apresamiento, y se había enamorado inmediatamente de mí. Por eso, cuando me pidió que nos casáramos, con mi embarazo a punto de notarse, no lo dudé.

»–¿Se lo confesaste a él? –tartamudeé yo.

»–No –me respondió ella–. No lo supo hasta unas semanas después de la boda, cuando se hizo evidente. Creí que iba a matarme. Me odiaba. Su amor por mí había desaparecido como el humo de los puros que fumaba. Me di cuenta de mi error. Comprendí que por muy terrible que hubiese llegado a ser el enfado de mi familia, nunca habría sido tan cruel como aquello. Empezó a pegarme hasta que caí al suelo y comencé a sangrar. Pensé que iba a abortar y me puse a chillar y a llorar frenéticamente. Entonces llamó a un médico. Lo hizo sólo para que me callase y los vecinos no se enterasen de lo que sucedía. Pensé que me echaría de casa, que se lo diría a mis padres, que estaría feliz de ponerme en evidencia ante todo Asturias y Madrid, pero no hizo nada de eso. No hizo nada en absoluto. No por protegerme, sino por no convertirse en el hazmerreír público. Él, el teniente Armando Cardoso de quien no se burlaba nadie, no podía ser un patético cornudo. De modo que cuando Carmen nació, él le dio sus apellidos, al igual que a los dos hijos que, a modo de compensación, tuve que darle en cuanto fui capaz de embarazarme de nuevo. Me nacieron dos mellizos, Carlos y Alberto.

Arturo Ortiz parecía agotado, incapaz de pronunciar una palabra más. La cabeza le caía casi sobre el pecho, y los brazos, desmadejados, se apoyaban en las laxas piernas.

—¿Tú eres mi abuelo? —le preguntó Natalia estupefacta—. ¿Tú eres mi abuelo? —repitió.

Él levantó esforzadamente la cabeza para mirarla y susurró:

—Sí, cariño mío, lo soy.

Durante largo tiempo el silencio se apoderó de nosotros tres. Pero pronto me impacienté por conocer la historia completa.

—¿Qué pasó luego? —le pregunté—. Sin duda volvió a verla.

—Nunca dejé de hacerlo. Nunca más hasta su muerte. Ya no existía la posibilidad de que ella abandonase a su marido, porque habría perdido para siempre a sus tres hijos. Así que, por supuesto, no nos veíamos más que esporádicamente y en citas clandestinas, pero que constituían los mayores momentos de felicidad de nuestras vidas.

—¿Y *La aurora y el crepúsculo*? —le preguntó Natalia—. ¿Cómo es que la tenías tú?

—Cuando yo reaparecí en la vida de tu abuela la convencí para que volviese a escribir. Su primer trabajo fue, como era de esperar, una serie de poemas de amor. Desgraciadamente, su marido los descubrió en su escritorio, y, como cualquiera habría hecho, adivinó que no era él la fuente de inspiración. Se despertaron sus sospechas. La acosó, la amenazó, la insultó..., y probablemente llegara incluso a pegarla, aunque ella me lo negó siempre, por temor a mi reacción. Pasaron meses durante los que apenas pudimos vernos más que fugaces instantes. Y la prohibió que volviese a escribir. Esto provocó una terrible reacción de ella. Se veía sometida, esclavizada, algo que su temperamento no podía soportar. Pero el ya teniente coronel sofocaba cualquier intento de rebelión con una amenaza: quitarle para siempre a sus hijos. Entonces comenzó a escribir en la clandestinidad. Por suerte, su marido pasaba fuera de casa mucho tiempo, de modo que la única preocupación que debía tener era esconder sus manuscritos y materiales. La prohibición de escribir aceleró la producción de Lucía. Escribía de todo: relatos, poemas, y, su primera novela: *La aurora y el crepúsculo*. Cuando la tuvo terminada me la dio a mí, lo mismo que venía haciendo con todos sus escritos y que continuó haciendo hasta su muerte. De *El error*, el único que no quedó en mi poder, pese a todo, yo había leído un borrador preliminar, y cuando lo vi publicado bajo tu nombre, Natalia, supe que...

–Que lo había plagiado. Dilo.

–Que era la misma novela que tu abuela había escrito.

–Lo sabía –afirmé–. Sabía que la finalidad de quien enviara el original era ayudar a Natalia, y no dañarla. Pero quedan muchas cosas pendientes, señor Ortiz, por ejemplo, la mujer que le acompañaba en Egipto, ¿es realmente su esposa, la misma a la que se ha estado refiriendo, con la que ha estado siempre casado, o se casó con ella posteriormente?

–Es mi esposa, mi primera y única esposa.

–Entonces, ¿ella lo sabe todo? –preguntó Natalia–. ¿Qué mi abuela fue tu amante, que yo soy tu nieta...?

–No, no, no. Ella nunca ha sabido nada. Para ella, tú eres sólo la joven que viajaba con nosotros durante el crucero por el Nilo.

–¿Y ha vivido todo este tiempo sin enterarse de la misa la media?

–Sí. No estoy orgulloso de ello, pero fue mejor así, y ya no tendría sentido apenarla.

–¿Y usted no tuvo más hijos?

–No. Supongo que mi esposa no podía. No era algo que nos preocupara a ninguno de los dos, de modo que nunca averiguamos las razones.

–¿Y mi abuela cómo murió?

–Como tú sabes. Murió de cáncer dos días después de que tú la vieras por última vez. Yo pude estar a su lado. Lo estuve durante aquellas últimas tres semanas de su vida, desde el momento en que su marido...

Arturo Ortiz se interrumpió. Estaba tenso.

–¿En que su marido qué? No me ocultes nada, por favor. ¿Es que mi abuela le mató?

–¡No! Fue un accidente. Él cayó por la borda y no se pudo hacer nada por salvarlo.

–Quizás no se intentó. Puede que mi abuela le dejara morir. No sería yo quien se lo reprochara.

Natalia miró su teléfono móvil, cuyas luces de llamada no habían parado de brillar durante toda la conversación.

–Es mi hermano –informó Natalia–. Se lo voy a coger.

Se levantó del sillón para dirigirse al dormitorio, mientras saludaba a Jorge.

–¿Qué nos está ocultando todavía, señor Ortiz? –aproveché para preguntarle–. ¿Es por proteger de algo a Natalia? Usted me dijo, antes de que Natalia entrara, que había algo que ella nunca debía saber. ¿Es algo sobre la muerte de su... del marido de su abuela?

–No. ¡Cállate! ¡Por favor, no debes insistir! –exclamó en voz baja el abuelo.

–No se lo diré a ella. No se lo diré jamás. La madre, o alguno de los hermanos de Natalia, mataron al teniente, ¿no es cierto?

–¡Cállate! –dijo, ahogando un gritó furibundo–. ¡Ella no debe recordar lo que ocurrió! Fue un accidente. Ella no le mató. ¡Fue un accidente!

–¿Cómo fue? ¡Dígamelo, por favor!

–¡No insistas! ¡No te atrevas a insistir delante de ella!

–No. No lo haré. No insistiré delante de ella si usted me lo cuenta ahora. Ella no llegará a saberlo nunca. Sabe que puede confiar en mí, que adoro a Natalia. ¿Qué ocurrió? ¿Qué desea ocultarle? ¿Ese hombre se cayó al agua y le abandonaron allí, en medio del mar?

–No. ¡No! Pegó al niño. Le maltrataba constantemente ante los ojos de Natalia, y ella adoraba a su hermano. Armando había querido a sus hijos y quería a sus nietos, a todos menos a Carmen y a sus descendientes. Toleraba a Natalia por ser una niña, pero Jorge era un recordatorio del hombre que un día había mancillado su honor, y Armando le detestaba. Le torturaba, le humillaba... –Arturo relataba esto velozmente, en tono por momentos inaudible, y con el rostro crispado–. Le había dado una orden cuando estaban en la motora, poner rumbo hacia algún lado o yo qué sé. Jorge lo hizo mal, se equivocó, y Armando empezó a golpearle. Cogió un remo y empezó a pegarle con él. Natalia gritaba, le suplicaba que parase. Estaba enloquecida. Lucía trataba de sujetarlo, mientras el niño se había tirado al suelo, hecho un ovillo, intentando soportar los golpes. Entonces Lucía cogió el otro remo y le asestó un golpe en el pecho. Él cayó al agua. Estaba dolorido, pero consciente, e intentó subir a bordo. Lucía le tendió la mano para ayudarle. Pero, entonces, Natalia arrancó el motor... La lancha viró bruscamente y las hélices se ensañaron con Armando, destrozando su cuerpo en sólo unos segundos. La motora se alejó velozmente del charco de sangre que empezó a teñir el agua... Lucía ordenó a los niños bajar a la minúscula cabina y regresó en busca de Armando, pero el cuerpo ya se había hundido, despedazado. – El abuelo se silenció y, amenazadoramente, ordenó a Alejandro–: Nunca debes decírselo. ¿Me oyes? ¡Nunca!

–Confíe en mí. Jamás lo sabrá. Se lo juro.

Justo entonces regresó Natalia.

–¿De qué hablabais? –preguntó, contemplando aún atónita y pasmada al hombre que era su abuelo.

–De la mujer de tu abuelo. Le decía que desde el principio me pareció una señora encantadora. Señor Ortiz, nos queda un misterio por resolver: la muerte de Octavio.

Nos contempló en silencio. Se veía fatigado.

–Le ayudaré, si quiere, para que pueda descansar un poco. Fíjese, se me ocurre que a lo mejor usted, de alguna manera, había llegado a conocer el chantaje al que Octavio sometía a su nieta, además de los malos tratos de que la hacía objeto. Puede que hasta fuese testigo, igual que me ocurrió a mí, y, al igual que yo, decidió intervenir en el asunto. ¿Ando muy descaminado?

El abuelo se pasó las manos por la cara, suspirando, y se acarició los cabellos.

—Muchacho, ¿por qué no me sirves otro coñac?

Me apresuré a hacerlo, y el abuelo bebió un largo trago, degustándolo con los ojos cerrados. Sin abrirlos, declaró susurrante:

—Yo estaba en la cubierta cuando tú llegaste. Vi cómo te ocultabas cuidadosamente de la mirada de Natalia y sus amigos. Vi la larga pelea que mantuviste con Octavio, y cómo le dejabas tirado sobre la cubierta. Y cuando te fuiste, corrí a comprobar que hubiera muerto. Pero no era así. Aún vivía, y yo le odiaba, ¿comprendes? Le odiaba por lo que le estaba haciendo a mi nieta. Y aunque yo era un turista octogenario agotado por el viaje, encontré fuerzas sobradas para levantarle en brazos y..., y arrojarle por la borda.

Abrió los ojos. Natalia y yo le observamos mudos de asombro.

¿Qué podía decirse?

—¿Ma, más cognac? —tartamudeé.

—No, gracias. Debo llamar a mi mujer. Puede estar preocupada.

Sacó su teléfono del bolsillo interno de la chaqueta y estableció una breve comunicación.

—Me han dicho en el hospital que sólo se trató de un error —le contó a su mujer—. Sí, una falsa alarma. De hecho, ella misma había venido a desmentirlo y me la he encontrado, y también a Alejandro, el profesor. Sí, ése. Estoy tomando una copa con ellos en el hotel donde se alojan.

—Dile que te quedas a dormir, por favor —le pidió Natalia—. Tenemos mucho de qué hablar.

Él accedió.

Me acosté pronto, para dejarles en la intimidad.

Me sentía contento y muy satisfecho. Finalmente, todos los cabos habían quedado atados. La verdad, estaba orgulloso de mí mismo. ¡Había hecho una labor digna de un gran investigador!

La nieta y el abuelo se habían quedado a solas. Supuse que deberían abrazarse, besarse, llorar y todas esas cosas que parecían tan propias de la situación. En efecto, todo eso ocurrió. Y luego, los detalles de la vida cotidiana fueron sustituyendo en la conversación a los grandes secretos de familia.

Pero, hacia las dos de la mañana, cuando Alejandro ya dormía, o eso creían ellos, con un vaso de leche caliente entre las manos, sentado con su nieta en la mesa de la cocina, el abuelo recordó que aún quedaba algo pendiente.

–¿Qué es eso de que Octavio te hacía chantaje, Natalia? ¿Por qué te chantajeaba?

–Pensé que habías dicho que ya lo sabías –se extrañó ella.

–No –negó él, sacudiendo la cabeza–. Nunca supe nada sobre vuestra relación.

–Entonces... ¿Es que nos viste cuando me dio una torta en Elefantina, o...? ¿Qué viste o qué supiste? ¿Por qué decidiste... ya sabes..., eliminarle?

–Yo no lo hice, cariño. Necesito que lo sepas. No quiero que después de tantos años tu abuelo aparezca en tu vida para declararse un asesino. Yo no maté a Octavio.

–Pero, entonces, ¿por qué nos has dicho antes que sí?

–Para proteger el corazón de ese inocente que es tu novio. Un buen chico con el que espero que te cases pronto para darme la alegría de conocer al menos a un bisnieto.

–No te entiendo.

–No quieres entenderme, pero lo que estás pensando es cierto: Alejandro mató a Octavio. El resto que os he contado es la pura realidad. Yo estaba allí, en la cubierta, vigilándote, siguiéndote, empapándome de ti, esperando tal vez la ocasión propicia para confesarte mi secreto, pues esa ilusión era mi sueño, un sueño que, por falta de valor, no contaba con ver nunca cumplido, y entonces vi a Alejandro, como os he contado, ocultándose en la oscuridad, y vi, cuando tú ya te habías ido, cómo Octavio le descubría y se enzarzaban en una pelea terriblemente violenta. Pensé en detenerlos, no por Octavio,

138

sino por Alejandro. Si él mataba accidentalmente a Octavio su vida quedaría destruida para siempre. Sin embargo, me callé. Había algo en Octavio que me parecía odioso. Yo también hubiera querido tener las fuerzas suficientes para poder sacudirle, pero carecía de ellas, así que dejé que Alejandro fuese mi representante. Después, cuando Alejandro se fue, me acerqué a Octavio y le tomé el pulso. Aún latía, pero muy débilmente. Tanto que al cabo de unos segundos había muerto.

»Alejandro creyó dejarle con vida, pero tal vez sus pulmones se habían encharcado al caer a la piscina, o tal vez algún golpe interno había resultado fatal. Le levanté la cabeza para ver si tenía alguna brecha. Pero no había sangre, al menos no en cantidad importante. ¿Qué podía hacer con el cadáver? Alejandro ya se había ido, y pensé en correr a buscarle para que decidiésemos juntos. Pero me dio pena. El chico me gustaba, y más después de oírle defendiéndote antes de que estallara la pelea. ¿Por qué dejar que se enterase de que había cometido un asesinato? ¿Por qué permitir que su buena intención de ayudar a mi nieta le llevase a la cárcel o, cuando menos, cayese sobre su conciencia para el resto de su vida? Levanté el cuerpo en brazos y lo arrojé al Nilo.

»Creo que es mucho mejor que nunca llegue a saberlo, ¿no te parece? Protejámosle.

Natalia asintió, incapaz de digerir lo sucedido aquel día.

–Dime, ¿le quieres? ¿Estás enamorada?

Natalia volvió a asentir.

–Sí –contestó–. Alejandro es único.

–Ahora tienes un buen secreto suyo –el abuelo sonrió a su nieta y le guiñó un ojo–. Guárdalo bien, como estoy seguro de que él hará con cualquiera tuyo.

FIN

OTRAS OBRAS DE LA AUTORA

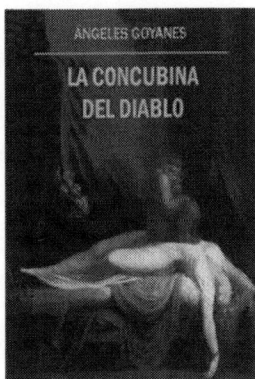

Poco antes de la hora de su ejecución una mujer narra, en una fascinante confesión a su sacerdote, la historia de su apasionado amor por un ángel caído. La novela arranca en la Francia de 1212, en medio de las luchas de los cátaros. La familia de la joven protagonista ha sido asesinada y ella y un amigo huyen hacia Marsella, donde tomarán un barco rumbo a Tierra Santa para participar en la histórica Cruzada de los Niños. Engañada y vendida como esclava, pronto será liberada por el ángel caído protagonista de la historia, un ser fascinante, bello, misterioso, que desea ansiosamente el reencuentro con el Dios que lo ha expulsado pero que es a veces también profundamente cruel. Esto es sólo el comienzo de una historia que se desarrolla a través de diversos escenarios geográficos y temporales ágilmente descritos, fundamentalmente la Francia de las Cruzadas, Egipto, el París medieval, la Florencia renacentista y la América precolombina.

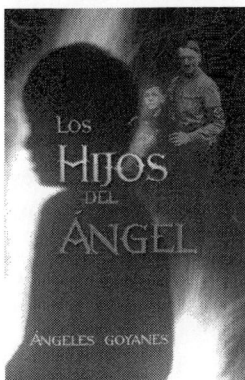

Alemania, 1940. En su afán purificador de la especie humana, el régimen nazi proyecta el nacimiento de una raza superior fruto de la unión de los líderes del Tercer Reich con las descendientes de los ángeles.

Sesenta años después, un ángel caído acoge bajo su cuidado a un niño de origen incierto, buscado por unos como mesías y por otros como la encarnación del mal.

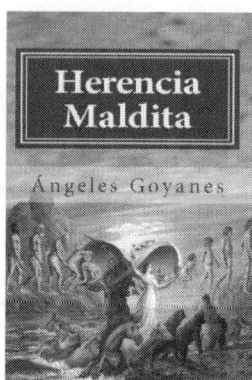

Habiendo vivido una existencia difícil y abrumado por el terror a una nueva vida tras su inminente fallecimiento, un multimillonario, firme creyente en el budismo y la reencarnación, empleará sus últimos días en planificar su próxima vida. Obsesionado con la idea de encontrar el modo de transmitir a su yo futuro sus bienes actuales, buscará la ayuda de un prestigioso experto en doctrinas orientales, con la intención de que, a su muerte, sea el encargado de buscar a la criatura en quien se haya reencarnado, de procurarle un hogar perfecto y de conseguir que su fortuna vuelva a pasar a sus manos. El joven se mostrará reticente a aceptar la proposición, considerándola producto de una mente enferma. Sin embargo, años después, el destino hará que la propuesta haya de ser reconsiderada. Suspense, intriga y terror psicológico marcan esta novela de original argumento y sorprendente final.

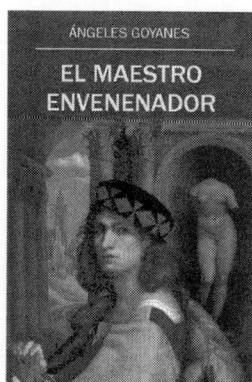

Florencia, 1470. El joven Ghezzo Bardi entabla amistad con un pintor calle-jero llamado Leonardo da Vinci. Con su ayuda, Ghezzo podrá estudiar a su lado en el taller del reputado maestro Verrochio. Cuando el padre de Ghezzo muere de forma misteriosa, junto con todos los de-más cocineros de la taberna en la que tra-baja y a la que se había incorporado Leo-nardo como camarero, Ghezzo se adentra en el estudio de las sustancias venenosas en un intento de descartar sus temores de que su amigo Leonar-do, ascendido a jefe de cocina tras la muerte de todos los coci-neros, haya tenido alguna responsabilidad en el suceso. La hermosa Florencia, Venecia con su insólito Consejo de los

Diez, y el Milán de Ludovico el Moro son algunos de los escenarios que el libro recorre.

SOBRE LA AUTORA

Ángeles Goyanes, nació en Madrid, ciudad donde reside cuando no está viajando, su gran afición. Es diplomada en Turismo e historiadora, así como experta en nuevas tecnologías.

Además de diversos relatos y artículos de prensa y de investigación, ha publicado las novelas *La Concubina del Diablo, Los Hijos del Ángel, El Maestro Envenenador y Herencia Maldita*, con gran reconocimiento de público y crítica. Su pasión por ahondar en las distintas culturas junto a sus conocimientos históricos marcan fuertemente sus obras.

http://www.angelesgoyanes.com

Made in the USA
Lexington, KY
05 March 2012